स्वप्न सरोवर

AF756736

गिरिजा शंकर मिश्र

सन्मति पब्लिशर्स एण्ड डिस्ट्रीब्यूटर्स

ISBN: 978-93-88365-67-3

प्रकाशक

सन्मति पब्लिशर्स एण्ड डिस्ट्रीब्यूटर्स

बी–347, संजय विहार,

मेरठ रोड, हापुड़–245101 (उ0प्र0)

website : www.sanmatiindia.com

email: sanmati555@gmail.com

मो. 8439645104, 7302710291

प्रथम संस्करण: 2019

आवरण

RETROTEK

भूमिका

मनुष्य का वास्तविक स्वरूप एक सरोवर की तली जैसा है। सरोवर उसका चित्त है और लहरें उसकी वृत्तियां। सरोवर की तली को तभी देखा जा सकता है जब सरोवर स्वच्छ और निर्मल हो तथा लहरें पूर्ण तया शांत हो।

मानव मन की शक्ति अथाह एवं असीमित है। इस ब्रह्माण्ड में जो कुछ भी दृश्य या अदृश्य है वह मानव मन की शक्ति से बाहर नहीं है। परन्तु मन बहुत चंचल है। बिना मन की वृत्तियों को रोके किसी वस्तु की प्राप्ति संभव नहीं है।

स्वप्न सरोवर की लहरों को शांत कर कई मनोवैज्ञानिकों, शोधकर्ता, ऋषि, मुनियों ने इस सरोवर मे डुबकी लगाकर अनेक बहुमूल्य रत्नों को खोज निकाला है जो हमारे जीवन के लिए बहुत उपयोगी हैं। स्वप्न क्या हैं? क्यों आते हैं? क्या इनमें कोई सच्चाई है? जीवन पर इनका कुछ प्रभाव है या नहीं? कौनसे सपने शुभ होते हैं कौनसे अशुभ? इन सब प्रश्नों का उत्तर इस पुस्तक में मिलेगा।

संबधित विषयों एवं स्वयं के अनुभवों को सम्मिलित करके इस पुस्तक को मनोरंजक तरीके से प्रस्तुत करने की कोशिश की गई है। विज्ञान एवं अध्यात्म का अनूठा संगम भी पाठकों की रुचि को ध्यान में रखते हुए किया गया है।

पूर्ण विश्वास है कि पुस्तक आपके लिए रुचिकर, ज्ञानवर्धन के साथ-साथ स्वप्न संबंधित शंकाओं के निवारण करने हेतु उपयोगी होगी। आपके सुझावों के हम सदैव आभारी होगें।

लेखक

- गिरिजा शंकर मिश्र

वेदों का कथन है कि मानव की आत्मा अमर है। शरीर वृद्धि और क्षय नियमों से बद्ध है। जिसकी वृद्धि है उसका क्षय अवश्य होगा परन्तु देह के मध्य में स्थित आत्मा तो अर्स. . और सनातन है। वह अनादि और अनंन्त है। वेदों का यह भी कथन है कि यह विश्व देश और काल की दृष्टि से अनंन्त और सनातन है। वह न तो कभी आरम्भ हुआ न कभी समाप्त होगा।

आत्मा की हमेशा यह अभिलाषा रही है कि उसे कुछ ऐसा प्राप्त हो जाय जिसका परिवर्तन नहीं होता। इसी अभिलाषा की पूर्ति हेतु मानव मन पाताल लोक से लेकर ब्रह्म लोक तक हमेशा जुटा है और दिन प्रतिदिन नये आविष्कारों की खोज करता जा रहा है। यहीं प्रगति और विकास की कहानी है।

इस संसार में एक नवजात शिशु जब आता है तो अपने जन्म के साथ पूर्व जन्म के संस्कार भी लेकर आता है। हिन्दू मान्यता के अनुसार एक ईश्वर सत्य है जिसकी सत्ता है और उसी का अंश हमारे शरीर में आत्मा रूप में बैठा है। हमारे ऋषियों ने अंतःकरण का गहराई से विश्लेषण किया है और अनेक तथ्यों को ढूँढ निकाला है पर इस ब्रह्माण्ड रूपी विशाल सागर से बहुत कुछ निकाल पाना बाकी है।

इसे यूँ कहा जा सकता है कि पूरा ब्रह्माण्ड रहस्यमयी है। हम जो कुछ अपनी इन इन्द्रियों से देखते है वह सही नहीं है पर सही सा प्रतीत होता है। यहीं माया है जिसमे हम सभी भ्रमित हैं। अंधेरे में पड़ी रस्सी को अक्सर लोग सर्प मानकर भयभीत हो जाते है परन्तु जब प्रकाश में उसी को देखा जाता है तो वह सामान्य सी रस्सी ही दिखती है।

जिन्होनें लखनऊ की भूल भुलैया देखी होगी वे जानते है कि एक बार उसमें घुस जाने पर चाहे कितने भी निशान लगा लें पर बिना गाइड के

निकल पाना बहुत ही मुश्किल है। ऐसे ही जगत एक भूल भुलैया ही तो है जहाँ माया के वशीभूत होकर सभी भ्रम की स्थिति में फँसे हुए हैं और बिना ज्ञान इससे बाहर निकल पाना अत्यंत कठिन है।

यहीं हाल इस जीवन का है। ऊपरी सतह पर सब कुछ सामान्य भले ही दिखे पर थोड़ी सी गहराई में जाएंगे तो सब कुछ अद्भुत, अविश्वसनीय, काल्पनिक तथा रहस्यमयी लगेगा।

जरा सोचिये एक छोटा सा मच्छर जिसमें कोई वजन जैसी चीज नहीं है, शरीर पर चुपके से बैठ जाता है और जाने कैसे खून की नाड़ी का पता कर अद्भुत सिरीन्ज के जरिए खून चूस लेता है। परन्तु शरीर का सिस्टम कम नहीं तुरंत उसकी खबर मुख्य कार्यालय यानी मस्तिष्क तक पहुँच जाती है। वहाँ से बिना एक पल गंवाये हाथ को आदेश मिलता है दुश्मन है फौरन इसे मार डालो।

हाथ फुर्ती से उसपर झपट पड़ता है और मच्छर बेचारे को उड़ने तक का मौका नहीं मिलता और उसका काम तमाम हो जाता है। है न विचित्रता भरी बात? सेकेन्डों में दुश्मन का काम तमाम। यहीं पर यदि मच्छर के बजाय मक्खी बैठी होती तो आदेश बदल जाता है और उतने ही समय मे आदेश होगा कि मक्खी है इससे नुकसान नहीं बस भगा दो, मारना नहीं है। यह सारे कार्य पलक झपकते हो जाते हैं।

वैज्ञानिकों ने कम्प्यूटर बनाया। यह तेजी से अनेकों काम कर डालता है पर मस्तिष्क की बराबरी कर पाना उसके लिए भी सम्भव नहीं है। सपने भी इसी मस्तिष्क के अद्भुत कार्य शैली की दर्शाते हैं। वैज्ञानिक, शोधकर्ता, मनोचिकित्सक गहराई से इस स्वप्न रूपी विचित्र दुनिया को जानने में लगे हैं पर अनेक ऐसी बातें है जिनका संतोषजनक उत्तर नहीं ढूँढा जा सका है।

यह दुनिया एक रंगमंच है। यहाँ हमें जो जो भूमिका दी जाती है वही करके पुनः अपनी अवस्था में आ जाते हैं जैसे किसी को राजा की भूमिका निभानी है तो नाटक होने तक वह राजा के लिबास में नजर आयेगा और नाटक समाप्त होते ही वह पुनः अपना लिबास धारण कर लेगा।

स्वप्न की दुनिया भी ऐसी ही है। एक नाटक श्रव्यदृश्य- के साथ रचा जाता है जिसमें सब कुछ वैसा ही लगता है जैसा कि हम जागृत अवस्था में देखते और महसूस करते हैं। नींद को टूटते ही नाटक गायब। न कही टेन्ट न बारात न शादी न खानपान जिसका भरपूर आनंद उठाया गया था।

सृष्टि के हर कण मे परमात्मा का निवास हैं, यह रहस्यों से परिपूर्ण है। मनुष्य शरीर की भी रचना उस परमात्मा ने ऐसी की है जिसमें पूरा ब्रह्माण्ड समाया हुआ है। जिसका बुद्धि विवेक जैसा जागृत होगा उसी हिसाब से वह इस अथाह समुद्र से रत्नों को निकाल पाता है।

रहस्यों का भेद चाहे वह स्वप्न हो या जीवन, बिना ईश्वर या उसके विधान को जाने पूर्ण रूप से सम्भव नहीं है। इस विषय में एक बड़ा रोचक प्रसंग है विदुषी गार्गी एवं याज्ञवल्क्य का प्रश्न एवं उत्तर रूप में है –

गार्गी - यह तो माना कि पृथ्वी जल में ओंतप्रोत है परन्तु जल किसमें ओंत प्रोत है?

याज्ञवल्क्य ऋषि ने गार्गी का उत्तर देते हुए कहा – जल वायु में ओत प्रोत है:

वायु किसमें?

अंतरिक्ष में

अंतरिक्ष लोक किसमें?

गंधर्व लोक में

गंधर्व लोक किसमें ?

आदित्य लोक में
आदित्य किसमें?
चंद्र लोक मे
चंद्र लोक किसमें?
नक्षत्र लोक में
नक्षत्र लोक किसमें?
देव लोक में
और देव लोक किसमें?
इन्द्र लोक में
इन्द्र लोक किसमें ?
प्रजापति लोक में
और प्रजापति लोक किसमें?
ब्रह्म लोक में

इस तरह हम देखते है कि पाताल लोक से निकल कर अभी ब्रह्म लोक तक की यात्रा हुई। यात्रा अभी भी शेष है क्योंकि इसका अंतिम लोक तो परम धाम है?

खैर यह प्रसंग उठाने का आशय केवल यह दर्शाना था कि यह सृष्टि इतने रहस्यों से भरी हुई है कि इसका पार पाना संभव नहीं। शायद जिस दिन रहस्यों के सारे भेद खुल जाएंगे वही प्रलय का भी समय हो सकता है क्योंकि वह दिन प्रकृति के हार का ही तो होगा जिस दिन मनुष्य प्रकृति के भेदों को पूर्ण रूप से समझ जाएगा। विज्ञान जब अपने चरम पर पहुँच जाता है तो उसके दुष्परिणाम भी नजर आते हैं।

वैज्ञानिक अपनी उपलब्धियों पर बड़ा गर्व करते हैं परन्तु यह उपलब्धि समुद्र से कुछ मोतियों को ढूँढ लेने जैसा है। यदि आज हम गर्व से

कहते है कि हमनें परमाणु बम बना लिया तो ऐसे बमों का प्रयोग तो प्राचीन काल में भी हुआ है बस नाम की भिन्नता है। अग्नि बाण, शब्द बेधी बाण आदि क्या थे? फिर इसकी रचना की सारी सामग्रियां तो पहले से उपलब्ध है। वैज्ञानिकों ने तो विशेष ज्ञान के जरिए बस उसी को तोड़ा और जोड़ा है। जैसे गंधक मौजूद है। नमक भी पहले से मौजूद है मिश्रण की विशेष प्रक्रिया को जानकर हमनें पटाखे बना लिए।

क्या नारद जी अन्य लोकों का भ्रमण अपनी वीणा के जरिए नहीं कर लेते थे? क्या त्रिशंकु नामक यान अंतरिक्ष में आजतक नहीं लटका होगा? आज भी बहुत से अंतरिक्ष यान जो गुरुत्वाकर्षण शक्ति से पार नहीं पाते वे शून्य में रह जाते हैं। न ऊपर जा पाते हैं न नीचे आ पाते हैं। हो सकता है त्रिशंकु अंतरिक्ष यात्री रहें हों जो वापस धरती पर न आ सके हों? या यह त्रिशंकु नाम का अंतरिक्ष यान हो?

खैर इन प्रसंगों को छोड़कर लौट चलते है अपने उस लोक की तरफ जिसके विषय मे हमें बहुत कुछ जानना है साथ साथ इस लोक का आनंद उठाना है।

हम जहाँ वर्तमान में हैं उसे हम पृथ्वी लोक के रूप में जानते है। इसके अलावा जितने भी लोक हैं उसे हम सब साधारण बोलचाल की भाषा में परलोक कहते हैं। इसी लोक एवं परलोक मे एक यात्रा ऐसी है जिसमें सुख दुख, हर्ष विषाद, प्रसन्नता, खिन्नता, रोना पीटना, भय के मारे जान निकल जाना तो क्रोध में पागल हो जाना, कामिनी कांचन का आनंद उठाना सब कुछ शामिल है।

अनेक विभिन्नताओं को अपने में समेटे इस लोक का भ्रमण अपने आप में एक अलग अनुभूति है। सबसे मजेदारबात यह है कि यात्रा के समय अपने इस शरीर से कोई मतलब नहीं रहता।

इस लोक में पहुँचकर आप इतने शक्ति मान हो सकते हैं कि पूरी की पूरी रेलगाड़ी खींचकर एवरेस्ट पर पहुँचा दे और इतने शक्ति हीन भी हो सकते हैं कि स्वयं उठने बोलने की ताकत न बचे।

यहाँ बड़े विचित्र जीव जंतु भी दिख सकते हैं जैसे हाथी चार दांत वाला हो और घोड़ा आसमान मे सरपट दौड़ लगाने वाला मिल जाय। स्वयं आप भी आकाश में उड़ान भर कर इंद्रलोक मे जाकर इंद्र से हाथ मिला आयें या मेनका, रम्भा की सुन्दरता से मोहित होकर वही बसेरा बना डालें। सब कुछ सम्भव है इस लोक में बस एक ही चीज की जरूरत पड़ती है वह है निद्रा रानी की गोद।

इस लोक की असाधारण क्षमता एवं असाधारण शक्ति है। स्वयं चलकर अपने से हैरतअंगेज कारनामे करे, देखें और मौज उठाएं। मै आपके साथ हूँ इसलिए चिंता की कोई बात नहीं। रोचक ढंग से आपको इस लोक की सैर कराऊँगा। पर यह अवश्य ध्यान में रखना होगा कि इस लोक में सब कुछ ज्यादातर रात्रि के समय संभव होता है। रात गई बात गई। दिन में भी भ्रमण किया जा सकता है जब आप नींद में हो पर जहाँ आप सो कर जगे सबकुछ मिनटों में गायब हो जाएगा। चिंता न करें आपको कही जाना नहीं है सब कुछ बिस्तर पर पड़े पड़े संभव है।

इस विचित्र लोक को स्वप्न लोक कहा जाता है। विचित्र इसलिए कि यहाँ बिना हाथ पाँव डुलाए सब कुछ हो जाता है। बिना पेड़ के वृक्ष पर लगे रसदार फल को तोड़ और खाकर क्षुधा की अग्नि शांत हो सकती है पर जागने पर पता चलेगा कि मैनें तो कुछ खाया ही नहीं था। बिना फूलों के फूलों की सुगंध मिल सकती है और बिना किसी स्त्री के आप प्रेम भरी बातें कर सकते है और उसके संपर्क का आनंद उठा सकते है?

इस लोक मे असम्भव कुछ नहीं है। यहाँ का मालिक मन है और मन बहुत शक्तिशाली है उसके शब्द कोश में असम्भव नाम का कोई शब्द है ही नहीं? यह हवाई किले भी झट गढ़ सकता है और सच्चाई भी पाताल से ढूँढ कर ला सकता है।

जो हर्ष विषाद सुख दुख हम जागृत अवस्था में करते, देखते, सुनते या सहते हैं उससे भी मजेदार, भयानक, डरावने प्रसन्नता दायक स्थिति में होकर हर प्रकार का एहसास मनुष्य उस समय कर लेता है जब वह गहरी निद्रावस्था में होता है। सारी देखी जाने वाली वस्तुए, घटनायें, स्थान दृश्य सबकुछ वास्तविक से लगते हैं।

एक मजेदार परन्तु अफसोस जनक घटना बताना चाहता हूँ - एक बार मैं स्वप्न में देख रहा हूँ कि घर में एक चोर घुस आया है। बड़ी सतर्कता के साथ चुपचाप उसपर निगाहें टिकाए हुए हूँ। ज्यों ही वह मेरी बगल से गुजरता है जोर का घूँसा मारता हूँ और झट उसकी बाँह पकड़कर चोर चोर चिल्ला उठता हूँ। बगल में लेटी हुई श्रीमती जी दर्द से कराह उठती हैं और मैं भी जाग जाता हूँ। देखता हूँ कि उनकी कलाई मैं जोर से पकड़े हूँ। गनीमत थी मेरे अगल बगल कोई ऐसी चीज नहीं पड़ी थी अन्यथा जाने कैसी घटना घट जाती?

यह बता दूँ कि इस अवस्था में कर्म इन्द्रियों या ज्ञानेन्द्रियो का कोई योगदान नहीं होता बल्कि वे आराम फरमाती रहती है।

आगे स्वप्न की विशेष व्याख्या होगी परन्तु स्वामी विवेकानंद जी के एक स्वप्न को पाठकों को बताना आवश्यक समझता हूँ जिसने दुनिया के सोच की दिशा ही बदल दी। यह स्वप्न स्वामीजी के धर्म संसद में जाने के संबंध में है।

भारत वर्ष की निर्धनता से स्वामीजी बहुत दुखी एवं चिंतित रहते थे। इसी के निराकरण हेतु उनके मन में पाश्चात्य देशों में भ्रमण कर सहायता प्राप्त करने की इच्छा जगी। उनके नवयुवक भक्तों ने इसके लिए कुछ धन एकत्रित किया किन्तु स्वामीजी इस समय तक निश्चयपूर्वक यह नहीं तय कर सके कि उनकी अमेरिका यात्रा के विषय में जगन्माता की इच्छा थी अथवा नहीं। इस लिए उन्होंने एकत्रित धनराशि को गरीबों में बाँट देने को कहा।

इसी समय स्वामीजी को एक सांकेतिक स्वप्न आया। उन्होंने देखा कि भगवान श्री रामकृष्ण परमहंस जी समुद्र के ऊपर से चले जा रहे हैं और उन्हें पीछे पीछे चलने का आदेश दे रहें हैं। श्री श्री माता शारदा देवी की अनुमति तथा शुभाशिर्वाद उन्हें प्राप्त था अतः इस स्वप्न दर्शन के बाद स्वामीजी की शंका का समाधान तथा माता का आशीर्वाद मिल गया। विशेष बात यह कि उसी समय श्री रामकृष्ण परमहंस जी की सम्मति का एक स्वप्न श्री श्री माँ को भी आया।

उसी के कुछ दिन बाद ही खेतडी महाराजा जो कि स्वामीजी के शिष्य थे, को पुत्र रत्न की प्राप्ति हुई जिसके उपलक्ष्य में स्वामी जी को शामिल होने का विनीत भाव का एक निमंत्रण मिला जिसे वे टाल न सके। वहाँ स्वामीजी का भव्य स्वागत हुआ और अमेरिका यात्रा हेतु भरपूर मदद भी। इन्हीं खेतडी महाराज के आग्रह पर स्वामी जी ने विवेकानंद नाम स्वीकार किया था।

यह मनुष्य की स्वाभाविक प्रक्रिया है कि वह रहस्यमयी विषय वस्तुओं को जानने में विशेष रुचि लेता है। उसके मन में अनायास क्यों? कैसे? कब? कहाँ? कौन? आदि सवाल उठते हैं उसकी जिज्ञासा इतनी बलवती हो जाती है कि बिना समाधान को जाने उसे चैन ही नहीं मिलता।

कहीं यदि कोई आदमी यह बता दे कि अमुक आदमी हस्तरेखा विशेषज्ञ है और बहुत सटीक जानकारी देता है तो अनेकों लोग अपना हाथ उसकी तरफ बढ़ा देने हेतु उमड़ पड़ेगे। भविष्य को जानने की अभिलाषा किसे नहीं होती? यह बात दीगर है कि भले ही वह व्यक्ति हस्तरेखा के विषय में कुछ जानता हो या न जानता हो।

इसी तरह यदि पता चले कि अमुक सज्जन बहुत अच्छे ज्योतिषी हैं तो लोग विभिन्न प्रश्नों के साथ तब तक चिपके दिखेगे जब तक ज्योतिषी महोदय से उनके प्रश्नों के उत्तर न मिल जाए। यह एक स्वाभाविक जिज्ञासा है। अनेकों लोग इसी जिज्ञासा बस ठगी के शिकार भी हो जाते हैं। स्वप्न को ही ले ले तो कई पंडित ऐसे जरूर मिल जाएंगे कि आपके स्वप्नों का ऐसा विश्लेषण कर देंगे कि आप उलझन एवं भय में आकर उनसे दुखद सपनों से छुटकारे का उपाय पूछेंगे और वह उल्टासीधा उपाय बताकर कुछ ऐंठ ले।

स्वामी विवेकानन्द जी ने एक रोचक जिक्र किया है कि एक बार उन्हें ऐसे व्यक्ति के बारे मे पता चला कि जिससे जो भी वस्तु मांगी जाती थी वह उसे आसमान से मंगा देता है। वे अपने कुछ साथियों के साथ उसके पास गये।

सत्यता हेतु वे उस व्यक्ति जो कि बुजुर्ग था, से पूछा क्या आप सारे कपड़े उतार सकते है? उसने सारे कपड़े उतार दिए और सिर्फ एक लंगोट पहने एक कोने मे जाकर बैठ गया। सर्दी थी इसलिए उसे ओढ़ने के लिए एक कंबल दे दिया गया। उस व्यक्ति से स्वामी जी ने ऐसे सामानों की मांग की जो कि आसपास के राज्य में होता ही नहीं था और उनका मौसम भी नहीं था।

लोगों के आश्चर्य का ठिकाना न रहा यह देखकर कि सारी वस्तुओं को उस बुजुर्ग ने कुछ मिनटों में ही प्रचुर मात्रा में उपलब्ध करा दिया और बिना हिचक लोगों से खाने का भी आग्रह किया। स्वामी विवेकानंद जी ने

जब जानना चाहा कि यह सब कैसे सम्भव हुआ तो वह मुस्कुराकर उत्तर दिया कि बस हाथ की सफ़ाई समझ ली जिए। कुछ भी हो पर यह हाथ की सफ़ाई तो नहीं हो सकती? ऐसा विवेकानन्द जी के मित्रों का मानना था।

कहने के तात्पर्य यह है कि यह सृष्टि अनेक विचित्रताओं से भरी है। लेखक स्वयं ऐसा अनुभव कर चुका है। बनारस के केदार घाट पर एक अछैवर पंडित जी थे अब हैं या नहीं कह नहीं सकते? उनके विषय में बहुत सुना था।

उन दिनों मैं थोड़ा परेशान था। अतः पंडित जी के पास गया। संयोग से उनसे मुलाकात भी हो गई। पहले से बैठे पाँच सात लोगों से बात करने के बाद वे मुझसे पूछे - कहो कैसे आना हुआ। मैंने कहा कुछ समस्याओं से घिरा हूँ आपके पास निराकरण हेतु आया हूँ।

उन्होंने मुझे कागज कलम थमा दिया और कहा इसपर किसी भी फूल का नाम लिखकर अपनी जेब में रख लो।

बगल में बैठे सज्जन से कहा आपने मन में चमेली का फूल लिया था जेब की पर्ची मुझे दीजिए। उन्होंने सभी को दिखाया पर्ची पर सचमुच चमेली का फूल लिखा था। इसके बाद उनको पास बिठा कर उनसे बात की जो सुनाई न पड़ा।

इसके बाद हमको भी पर्ची निकालने को कहा और हँसते हुए लोगों से कहने लगे देखिए लगता है ये सीताफल के बहुत शौकीन हैं इन्होने पर्ची पर सीताफल का फूल लिखा है। मुझसे पर्ची माँगकर लोगों को दिखाया भी। परन्तु समस्या के विषय में जो बताया वह दैनिक समाचार पत्र में छपने वाला राशिफल के समान ही था। समस्या निवारण हेतु पंडित जी ने दूसरे दिन आने के लिए कहा और विशेष पूजा की बात कही पर मेरा विश्वास नहीं जमा इसलिए दुबारा गया नहीं। विश्वास न जमने का कारण उनका गोलमोल

जवाब ही था। पर एक बात समझ में नहीं आई कि आखिर उन्होंने फूल का नाम सही कैसे बता दिया जबकि मैंने अलग तरीके का फूल चुना था। कोई ऐसी विद्या अवश्य होनी चाहिए।

स्वप्न क्या है? यह क्यों आता हैं? यह क्या इंगित करता है? स्वप्न सच होते हैं या नहीं आदि प्रश्नों के उत्तर विभिन्न वैज्ञानिकों, शोधकर्ताओं, विद्वानों, मनोवैज्ञानिकों के विचारों पर दृष्टिपात आगे किया जाएगा अभी इससे संबन्धित कुछ अन्य जानकारियों को देख लेते है जिससे आगे की राह आसान हो सके।

सर्वप्रथम शरीर की कार्य प्रणाली को आध्यात्मिक दृष्टिकोण से देखते है। इस पूरी सृष्टि के रचयिता, कर्ता धर्ता ईश्वर है। वही शरीर देते है और वही जीव के शरीर को चलाय मान रखने हेतु उर्जा या शक्ति भी देते हैं। वही न्यायाधीश के रूप में किए हुए कर्मो के अनुसार दंड का विधान भी रचते हैं। दयालु ऐसे हैं कि दुष्ट से दुष्ट का भी उद्धार करने में देर नहीं लगाते। उनके लिए एक कहावत ही बन गयी है कि भगवान के घर देर हो सकती है पर अंधेर बिल्कुल नहीं।

जैसे मशीन को चलाने हेतु उर्जा की जरूरत होती है। वैसे ही शरीर चलाने वाली शक्ति भी हमें ईश्वर से ही मिलती है। इसे प्राण कहते हैं। इसी शक्ति के रहते शरीर के सभी अंग कार्य करते हैं। जिस क्षण प्राण शरीर से मुक्त हो जाता है शरीर शरीर न रहकर शव बन जाता है।

जिस प्रकार किसी देश के संचालन हेतु केन्द्रीय आफिस, आफिस इंचार्ज, विभिन्न विभाग उसके अधिकारी एवं कर्म चारी होते हैं और सर्वोपरि उनका प्रधान होता है ठीक वैसी ही प्रणाली हमारे शरीर की है। बस फर्क यहाँ इतना है कि लापरवाही और शिथिलता यहाँ जरा भी बर्दाश्त नहीं।

गल्तियों हुई तो तुरंत दंड भुगतना पड़ेगा। घुसखोरी जैसा शब्द यहाँ है ही नहीं?

आग में हाथ डालने की गलती की तो जलना तो निश्चित है परन्तु आप के बचाव में तुरंत डाक्टर पहुँच कर अंदरूनी तौर से मरहम पट्टी शुरू कर देगा। एन्टीबायोटिक विभाग सक्रिय हो उठेगा। दूसरा हाथ पक्के सेवक की भांति पूरी जिम्मेदारी अपने ऊपर लेकर आप को आराम कराएगा। अंदर के डाक्टर एक्सपर्ट हैं दवाइयां इतनी कारगर होती हैं कि बाहरी इलाज न भी कराएं तो घाव स्वतः भर जाएगा।

आप को जानकर भले ही अटपटा लगे परन्तु कुछ स्वप्न इसीलिए आते हैं कि आपकी चिंता, घबराहट या अज्ञात भय का डर मन से निकल जायँ।

एक खिलौना हिलता डुलता है या उछल कूद करता है तो उसमे मुख्य भूमिका खिलौने की नहीं होती बल्कि प्राणदायी उर्जा की होती है जो बैटरी के माध्यम से या बिजली के माध्यम से खिलौने को प्राप्त होती है जिसके बल पर वह हिलता डुलता है। इसी प्रकार इस शरीर का संचालन करने वाला प्रमुख तो ईश्वर है जिसकी प्रेरणा से सारे विभाग अपनी अपनी ड्यूटी का सही ढंग से निर्वहन करते हैं। इन्द्रिय रूपी घोड़ो की लगाम हमेशा मन के हाथ में रहता है।

शरीर के प्रत्येक विभाग में जो हर क्षण सक्रिय है उसे प्राण विभाग कहा जाता है। इस विभाग की अनुपस्थिति में जीवन क्षण भर के लिए भी संभव नहीं है। सारी इन्द्रियाँ इस विभाग के काम बंद करते ही निष्क्रिय एवं शिथिल हो जाती है जैसे स्विच आफ होते ही लाईट, पंखे स्वतः बंद हो जाते हैं। प्राण वायु के रुकते ही जीव मृत घोषित हो जाता है।

इस शरीर में मुख्य भूमिका प्राण की ही है। मुख्य प्रशासनिक अधिकारी की तरह यह प्राण अपने सहायकों के साथ इन्द्रियों आदि के कुशल संचालन हेतु पूरे शरीर मे संचालक नियुक्त कर रखा है।

इसी तरह शरीर में भी अलग अलग विभाग और उसके अधिकारी नियुक्त हैं जो बखूबी अपना काम निपटाते हैं।

सारे विभाग का केन्द्रीय कार्यालय मस्तिष्क है। खोपडी रूपी मजबूत दीवार के अंदर केन्द्रीय कार्यालय मस्तिष्क हर विभाग की निगरानी और लेखा जोखा रखता है। सारी सूचनाओं और निर्देशों का आदान प्रदान यहीं से होता है। इसका विशाल गोदाम भी है जहाँ सभी तरह की सूचनाएं सुरक्षित रखी जाती हैं।

जिस तरह कम्प्यूटर के जरिए हम तमाम जानकारियां प्राप्त कर सकते हैं और इन्हें सुरक्षित रख सकते है ठीक उसी तरह मस्तिष्क भी काम करता है। सूचनाओं को एकत्र करना, उनका विश्लेषण, उचित निर्देश आदि सभी जितने भी कार्य जीवन से संबंधित हैं सब यहीं से नियंत्रित होते हैं।

शरीर एक रथी है। इस रथी का सारथी आत्मा है जिसका बुद्धि से सीधा सम्पर्क है। बुद्धि मन से जुड़ा है। मन के हाथ में इन्द्रियों की लगाम है और इन्द्रिय रूपी घोड़े शरीर रूपी रथ से जुड़े हैं। इन घोड़ों की नकेल मन के हाथ है। मन जिधर की लगाम खीचता है इन्द्रिय रूपी घोड़े वैसे ही चल पड़ते हैं। चूँकि सपनों में मन का बड़ा हाथ होता है इसीलिए इसको समझना बहुत जरूरी है।

कहावत है मन के जीते जीत मन के हारे हार। यह बिल्कुल सत्य है क्योंकि की मन की क्षमता की कोई सीमा नहीं है। मन महान शक्तिशाली योद्धा है पर इसका सबसे बड़ा अवगुण यह है कि यह बहुत चंचल है और अपनी ही बात सर्वोपरि रखना चाहता है।

आपने बीरबल और बादशाह वाला किस्सा तो सुना ही होगा। एक बार फिर कृपया धैर्यपूर्वक सुन लें। बादशाह के दरबार में सब्जी को लेकर चर्चा चल रही थी। सभी लोग अपनी अपनी पसंद की सब्जियों की बढ़ चढ़कर चर्चा कर रहे थे। बीरबल केवल सुन कर मुस्करा रहे थे। बादशाह को बैंगन की सब्जी पसंद नहीं थी परन्तु उन्होंने बीरबल से कहा - बीरबल मुझे बैंगन बेहद पसंद है। तुम्हारा क्या खयाल है?

बीरबल ने जवाब दिया - सही फरमाया जनाब। देखिए न कितना सुन्दर बैगनी रंग है इसका और सबसे बडी बात यह है हुजूर कि इसके सर पर ताज है आपकी ही की तरह।

बादशाह ने कहा - बीरबल मुझे तो बैंगन से नफरत है।

होना भी चाहिए हुजूर। इसमें कुछ गुण होता तो लोग इसे "बेगुन "क्यों कहते - बीरबल ने जवाब दिया।

बीरबल जी चाटुकार नहीं थे बल्कि हाजिर जवाब थे। चंचल मन भी ऐसा हाजिर जवाब है पर एक दिक्कत है जो भी जैसे मिला बस उसी के पीछे हो लिया। सोच सकारात्मक है या नकारात्मक इसकी उसे कोई परवाह नहीं। कभी-कभी इन्द्रियों का गुलाम बन कर लगाम खीचना ही भूल बैठता है। इसीलिए ज्ञानी लोग इन्द्रियों को एवं मन को शम दम के जरिए बस में रखने की बात करते है जिससे मन का भटकाव स्वयं रुक जाय।सपनों से मन का खास लेना देना है इसीलिए इसके विषय में बताना जरूरी था।

स्वप्न की अवस्था में जब सारी इन्द्रियां निष्क्रिय हो जाती हैं उस अवस्था में केवल मन कार्य रत रहता है और सारी गतिविधियों का संचालन वह बखूबी करता रहता है।

इस स्वप्न को पढ़िए और मन की उड़ान को समझिए। स्वप्न क्या सच होते हैं? ऐसे सपने की सार्थकता क्या है? सपने क्यों आते हैं। इनका

विश्लेषण कैसे किया जाए स्वयं समझे क्यों कि आगे शोधकर्ताओं, मनोवैज्ञानिकों, मनोचिकित्सक की राय से परिचित कराया जाएगा।

सन 1982 1983 में गोला गोकर्णनाथ तथा लखीमपुर खीरी में एक फूल वाले बाबा जी की चर्चा जोरों पर थी। पत्तियों द्वारा बनाए गये डलिया में वे फूल रखा करते थे और भक्तों को दिया करते थे। शायद इसीलिए फूल वाले बाबा जी नाम पड़ा होगा।

बाबा जी के विषय में एक चर्चा तो यह थी कि उनकी डलिया के फूल कभी खत्म नहीं होते थे चाहे कितने भक्त आ जायँ।

दूसरी चर्चा यह थी कि एक बार बिना टिकट की वजह से टीटी ने - उन्हें नीचे उतार दिया था। तमाम कोशिशों के बावजूद ट्रेन तब तक नहीं चल पाई जबतक उन्हें आदर पूर्वक ट्रेन में पुनः नहीं बैठाया गया। ऐसी ही चर्चा नीम करोली वाले बाबा के लिए भी कही जाती है।

असलियत जो भी हो मैं न तो बाबा जी से कभी मिला था न ही विशेष जानकारी हासिल की थी। कभी कभी साथी दोस्तों से ऐसी बातें सुन लिया करता था।

एक दिन करीब छह बजे सुबह मैंने सपने में देखा कि फूल वाले बाबा जी हमारे घर के सामने से जा रहें हैं। मेंरी नींद खुल गई। जाने किस आवेश में आकर मैंनें बाहर का दरवाजा खोल दिया जबकि मैं बिना फ्रेश हुए और चाय पिए कभी बाहर नहीं निकलता था। ज्यों बाहर आया देखा एक मोटे से सज्जन हाथ में डलिया लिए मेंरी तरफ ही आ रहे हैं। वे ठीक वैसे लगे जैसा कि लोगों ने बताया था। मैंने चरणस्पर्श किया। उन्होंने हाथ पर डलिया से निकाल कर एक गेंदे का फूल रखा और आशीर्वाद दिया। मैंने घर चलने का बहुत आग्रह किया परन्तु रुके नहीं।

मैं न तो बाबा को कभी देखा था न किसी के कह देने भर से किसी पर आसानी से विश्वास करने वाला हूँ फिर मेरे सपनों में फूल वाले बाबा के आने का कारण क्या था? लोग कहते हैं कि ऐसा श्रद्धा के कारण हो सकता है पर जिससे मै कभी मिला ही नहीं उस पर श्रद्धा का प्रश्न ही नहीं उठता। इस सपने से एक बात अवश्य हुई कि सपने सच होते हैं इस पर पूरी तरह विश्वास करने लगा।

सपने क्या होते हैं?

बेड पर पहुँचते ही आलस घेरने लगता है, जम्हाई आने लगती है और मन में आराम की इच्छा बलवती हो जाती है। साँस थोड़ी धीमी होने लगती हैं पलकें अधखुली हो जाती है जैसे किसी भार की वजह से बोझिल हो रही हो। रक्त संचार की प्रक्रिया भी कुछ मंद हो जाती हैं।

आप निंद्रा रानी की गोद में पहुँचने वाले हैं। दस पंद्रह मिनट के अंदर ही निद्रावस्था में पहुँच जायेगे और स्वप्न लोक का सफर शुरू हो जाएगा। यात्रा के पहले थोड़ी जानकारी ले लेते है। वैज्ञानिक, मनोचिकित्सक, शोधकर्ता स्वप्न के विषय में क्या कहते हैं उसे जान लेते हैं।

सिगमंड फ्रायड के अनुसार सपना हमारी दैनिक गतिविधियों का संयोजन है। हमारी अचेतन एवं छुपी हुई भावनाओं की पूर्ति हेतु आते हैं।

Freud - Dreams are the royal road to a knowledge of the un conscious activities of the mind . Your unconscious beliefs. Fears motives and desires can thwart your goals, your health and relationships.

स्वप्न अचेतन मन में दवी हुई इच्छाओं की पूर्ति करते हैं।

Moss - 'Dream is a wake-up call. It takes beyond what we already know. Dreams are language of soul and they are experiences of the soul.

स्वप्न आत्मा की भाषा है। यह आत्मा से अनुभव होता है। यह जागृत करने का संकेत है। जितना हम जानते हैं उससे कही ऊपर जाकर स्वप्न हमें बताते हैं।

Sumber (jung institute zurich) Dream is the bridge that allows movements back & forth between what we thing, we know and what we really know.

सपने हमारे चेतन और अचेतन मन के बीच संचार के माध्यम हैं। निंद्रा के समय विचारों दृश्यों और भावनाओं की जो कड़ी बनती है वही स्वप्न हैं।

आधुनिक मनोविज्ञान के अनुसार - सोते समय की चेतना की अनुभूतियोंको स्वप्न कहते हैं।

वैज्ञानिक अध्ययन द्वारा स्वप्न को जानने हेतु सोते मनुष्य के पैर पर ठंडा पानी डाला गया और यह पाया गया कि उस सोये मनुष्य को स्वप्न में नदी में चलने जैसी अनुभूतिहुई।

शीत लगने पर नदी में नहाने का या नदी में तैरने का स्वप्न आया। रोग की बढ़ी अवस्था में रोगी ने भयानक डरावने स्वप्न देखें।

स्वप्न में हम उन्हीं सपनों को देखते हैं जिनके संस्कार मन में होते हैं। मनुष्य मन तीन भागों में बंटा होता है; चेतन, अचेतन और अवचेतन। चेतन मन बाहरी जगत से समन्वय स्थापित करता है। अचेतन मन सभी प्रकार की इच्छाओं का आश्रय है। अचेतन मन में मनुष्य का नैतिक स्वत्व रहता है –

Frued:

सपनों के विषय में चाहे जितनी गहराई में जाया जाय अनिश्चितता की स्थिति आज भी बनी हुई है। मनोवैज्ञानिक हों, शोधकर्ता हो वैज्ञानिक हों या फिर विद्वान या ज्योतिषी हो, सभी के अपने अपने तर्क है। हालाँकि इस दिशा में काफी शोध कार्य भी हुआ है और प्रक्रिया जारी है पर निश्चित रूप से आज भी तथ्यपूर्वक यह कह पाना अत्यंत कठिन है कि स्वप्न आने के मुख्य कारण क्या हैं? और सपनों से ऐसा निष्कर्ष निकलता है?

शोध के अनुसार वैज्ञानिकों ने पाया कि एक रात व्यक्ति को न सोने देने के कारण न्यूरान स्टोसिफिक इनोलेज N S E तथा M -100 calcium binding proten B or s -100 B अणुओं की संख्या 20% बढ़ गई। ये यदि बढ़ते हैं तो दिमाग को नुकसान पहुँचता है।

कुछ विशेषज्ञों का मत है कि जब हम नींद में होते हैं तो मन एक कहानी को दृश्य एवं ध्वनि के साथ इस तरह प्रस्तुत करता है कि सब कुछ वास्तविक सा लगता है जैसा कि मनुष्य जागृत अवस्था में करता है।

उठना बैठना किसी स्थान का भ्रमण करना स्वाद एवं सुगंध लेना सब कुछ वैसा ही होता है जैसा कि हम जागते हुए करते हैं जबकि यह सब काल्पनिक कहानी है और इसमें इन्द्रियों का कोई भी सहयोग नहीं होता।

कुछ विशेषज्ञों का मत है कि सपने अवास्तविक दृश्य, स्वर, शब्द विचार के अनुभव मात्र हैं। यह वास्तविक लगते है परन्तु जब मनुष्य जाग जाता है तो सब भाग खड़े होते हैं।

संक्षेप में कहा जा सकता है कि सोते समय दिमाग एक कहानी गढ़ता है और दृश्य, भावनाओं विचारों के साथ दिखाता है उसी को स्वप्न कहते हैं।

कुछ लोगों का कहना है कि स्वप्न बकवास होते हैं। इनके आने का कोई उद्देश्य नहीं होता और ये किसी भी महत्व के नहीं होते। जब कि सपनों के आने की वजह से दिमागी तनाव बढ़ सकता है। ब्लड प्रेशर और हृदय की धड़कन बढ़ सकती है।

विज्ञान की दृष्टि में सपने दिमागी उपज है। बात भी सही है परन्तु मन में एक प्रश्न उठना स्वाभाविक है कि यह काल्पनिक कहानी किसके लिए गढ़ी जाती है और दृष्टा कौन है? शरीर तो स्वप्नावस्था में ऐसे रहती है जैसे वह लकवा का शिकार हो गया हो। मन के अलावा स्वप्नों की अवस्थाओं में और किसी की सक्रियता रहती नहीं फिर दृष्टा आखिर कौन है?

आध्यात्मिक दृष्टिकोण से देखते है तो इसका उत्तर यह है कि शरीर के अंदर आत्मा रूपी परमात्मा बैठा है जो कि स्वयं तो निर्लिप्त है परन्तु वही इस तरह के स्वप्नों को रचाते है और स्वयं इसके दृष्टा भी है। यह ऐसा इस लिए रचता है कि स्वप्नों के जरिए मनुष्य अपने भोग दंड को भुगत सके। जागृत अवस्था और स्वप्नावस्था में कुछ भी अंतर नहीं होता है। बल्कि स्वप्न में एकाग्रता बढ़ जाती है।

स्वप्न के प्रकार

स्वप्न कई प्रकार के हो सकते हैं कुछ प्रसन्नता वाले तो कुछ दुखदाई, कुछ डरावने तो कुछ निर्भय करने वाले, कुछ घबराहट पैदा करने वाले तो कुछ कठिन समस्याओं का समाधान करने वाले एवं कुछ भविष्य में घटने वाली घटनाओं के प्रति आगाह करने वाले।

हम सपने क्यों देखते है इस संबंध में अनेकों तर्क दिए जाते हैं। कुछ लोगों का मानना है कि सपनों का आना दिमागी और शारीरिक रूप से स्वस्थ रहने के लिए बहुत जरूरी है। मन में अनेक तरह की चिंता घबराहट बढ़ जाना स्वाभाविक है। इन्हीं चिंता परेशानियों के निवारण हेतु सपने आते हैं।

कभीकभी- कुछ समस्या ऐसी होती है जिसका हल हम जागृत अवस्था में नहीं ढूँढ पाते पर स्वप्नावस्था में दिमाग जब ज्यादा सक्रिय (active) हो जाता है तो इसका हल आसानी से मिल जाता है।

कुछ शोधकर्ताओं का यह मानना है कि यदि सपने न आये तो मनुष्य शारीरिकमानसिक- रूप से कमजोर हो जाता है। कुछ लोगों को REM (rapid eye improvement) स्थिति में सोने नहीं दिया गया और यह पाया गया कि ऐसे लोगों का तनाव, चिंता, घबराहट, डिप्रेशन आदि बढ़ गया। एकाग्रता में काफी कमी आ गई। स्वास्थ्य पर भी कुप्रभाव पड़ा। REM स्थिति वही अवस्था है जिसमें हम ज्यादातर स्वप्न देखते हैं। नींद में न सोने देने पर वजन में भी बढोतरी देखी गई है।

कुछ विशेषज्ञों का कहना है कि सपने हमारे जीवन की समस्याओं को सुलझाने में काफी सहायक होते हैं तथा याद दास्त को बढ़ाने में भी हमारे सहायक होते हैं। सपने मानसिक तनाव को कम करने में सहायक होते हैं।

सपने हमारे लिए क्यों महत्वपूर्ण हैं?

1- अनेकों समस्याओं का हल हमें सपनों में मिल जाता है।

2 - भविष्य में घटने वाली घटनाओं के लिए सपने हमें सावधान एवं तैयार करते हैं।

3- बड़े निर्णय हेतु तैयार करते हैं।

4 - सपने संकेत देते हैं कि शरीर को सही रखने हेतु क्या चाहिए?

5- सपने रचनात्मक स्टूडियो हैं जहाँ से अनेक प्रकार के लोगों जैसे वैज्ञानिक, लेखक, संगीतकार, कवि आदि को विभिन्न प्रकार के विचार मिलते हैं। कई वैज्ञानिकों, कवियों, संगीतज्ञों को अपनी समस्याओं का समाधान सपनों से ही मिला।

हालाँकि कुछ लोग इस मत के भी हैं कि सपनों का हमारे विचारों एवं भावनाओं से कुछ लेना देना नहीं है।

कभीकभी- आप ने स्वयं देखा होगा कि समस्याओं से घिरे आप जब सोने जाते हैं तो चिंता में जल्दी नींद नहीं आती परन्तु जब आप सोकर उठते हैं तो मन में शांति एवं प्रसन्नता झलक उठती है क्योंकि सपने आपके विचारों भावनाओं के नकारात्मक पहलुओं को हटा कर सकारात्मक कहानी पेश करते है और जागने के बाद इन्हीं सकारात्मक पहलुओं की वजह से आप शांत एवं प्रसन्नचित्त दिखते हैं।

जागृत अवस्था में भी आपने पाया होगा कि चिंता या घबराहट से अपने को परेशान पा रहे हैं परन्तु उसी विषय में जब किसी मित्र से बात होती है और वह जब सकारात्मक पक्ष उजागर करता है तो आप को बहुत तसल्ली का एहसास होता है।

सिगमंड फ्रायड जिन्होंने सपनों पर बहुत कार्य किया, उनका विश्वास था कि सपने अर्धचेतन अवस्था की खिड़की हैं और ये दबी हुई इच्छाओं को सपने में लाकर प्रत्यक्ष करते हैं। उनका मानना था कि समाज को जो स्वीकृत न हो ऐसे दबे सपनों को बाहर लाकर सपने उसका समाधान ढूँढ कर उसे हल करते हैं।

Sigmund Freud believed dreams reveal a person's-

1 - unconscious desire

2 - thoughts

3 – Motivation

He thought, dreams were way for people to satisfy urges and desires that were un acceptable to society.

कुछ सपने दिमागी विचारों में या समस्याओं में मदद करते हैं तो कुछ दिमाग की साधारण क्रिया हैं । आज भी इसपर निरंतर शोध जारी है । शोधकर्ता कार्य रत हैं कि सपने क्यों आते हैं? और क्या इंगित करना चाहते है?

सपनों के मायने क्या हैं?

यहाँ भी मनोवैज्ञानिकों, सपनों के विशेषज्ञों विद्वानों आदि के भी कई तरह के विचार हैं। कुछ कहते हैं कि सपनों का विचारों या भावनाओं से कोई संबंध नहीं है। सपने केवल विचित्र कहानियाँ भर हैं जो कि साधारण जीवन से कोई संबंध नहीं रखते हैं।

कुछ का मानना है कि सपने हमारे खुद के विचारों एवं भावनाओं को दर्शाते हैं। इसे हम स्वयं विश्लेषण करके अपनी गहरी इच्छाओं, मन में घर किए हुए डर भय आदि को जानकर उनका समाधान निकाल सकते है।

कई स्वप्न दृष्टाओं ने बताया कि उन्हें स्वप्न के जरिए बहुत अच्छे विचार प्राप्त हुए। कुछ का कहना है कि उन्होंने सपनों के माध्यम से रचनात्मक विचार पाकर लाभान्वित हुए।

प्रश्नोपनिषद में स्वप्न के विषय में आता है कि जिस प्रकार सूर्य के अस्त होते ही किरणें भी संकुचित हो जाती हैं उसी तरह जब मनुष्य निद्रा के अधीन हो जाता है तो उसकी सभी इन्द्रियाँ अपने कार्य को समेंट लेती है

यानी हाथ पाँव आँख सब अपना अपना कार्य बंद कर देती हैं। यहीं निद्रावस्था है। कभीकभी- इसी अवस्था में हम स्वप्न देखते है। पूर्व काल में देखा गया सुना गया अनुभव किया गया सब कुछ स्वप्न में दिखाई देता है।

विज्ञान मानता है कि नींद का हमारे मस्तिष्क में होने वाले उन परिवर्तनों से संबंध होता है जो सीखने और याददाश्त बढ़ाने के साथ साथ मांसपेशियों को भी आराम पहुँचाने में सहायक होते हैं। इस नींद की अवस्था में मस्तिष्क की कोशिकाएं पुनः सक्रिय हो जाती हैं।

वैज्ञानिक दृष्टिकोण में नींद का एक भाग आर ई एम अर्थात रैपिड आई मूवमेंट है। इसमें शरीर शिथिल परन्तु आंखों की पुतलियाँ तेजी से घूमती रहती हैं और मस्तिष्क जागृत अवस्था से भी ज्यादा गतिशील होता है। ब्लड प्रेशर बढ़ जाता है। साँस भी तेज हो जाती हैं। ज्यादातर स्वप्न इसी अवस्था में देखें जाते हैं।

आधुनिक विज्ञान में पाश्चात्य विचारक सिगमंड फ्रायड ने इस विषय में कहा है कि "स्वप्न" मानव की दबी हुई इच्छाओं का प्रकाशन करते है जिनको हमनें अपनी जागृत अवस्था में कभीकभी- विचारा होता है। अर्थात् स्वप्न हमारी वो इच्छायें हैं जो किसी भी प्रकार के सामाजिक या अन्य किसी प्रकार के भय से जागृत अवस्था में पूर्ण नहीं हो पाती हैं वे स्वप्नों में साकार होकर हमें मानसिक संतुष्टि व तृप्ति देती हैं।

स्वप्नों के बारे में कुछ रोचक बातें

● यदि कोई पूछे कि औसतन एक आदमी रात में कितने सपने देखता है तो शायद ही हम आप इसका कोई जवाब दे पायें परन्तु शोधकर्ताओं ने इसका जवाब ढूँढ निकाला है। उनके अनुसार एक व्यक्ति औसतन

एक रात में 4-6 सपने देखता है लेकिन जागने के पाँच मिनट के अंदर ही 50% भूल जाता है और दस मिनट के अंदर 90% सपने भूल जाया करते हैं। हाँ कुछ सपनों की पूछ पकड़ में आ जाती है या कुछ याद भी रह जाते है जिनमें डरावने और खौफनाक सपने ज्यादा होते हैं पर ऐसा नहीं मानना चाहिये कि इनका प्रभाव नकारात्मक ही होगा। ऐसे सपने बहुत ही सकारात्मक भी पाये गये हैं।

●शायद आप को यकीन न हो परन्तु एक व्यक्ति अपने पूरे जीवन काल के करीब छह साल सपने देखने में गुजार देता है।

● ज्यादातर सपने उसी स्थिति को दर्शाते है जो विषय आपके दिमाग में पहले से उपस्थित होते हैं।

● स्वप्न आपके जीवन का वास्तविक आईना भी हो सकता है। यदि स्वप्न की सटीक व्याख्या की जाय तो वास्तव मैं सपने मार्ग दर्शक साबित होंगे।

●कुछ सपने टेलीविजन के डरावने या भयानक दृश्यो की वजह से या ऐसी किताबों के पढ़ने से या फिर किसी अन्य स्थितियों की वजह से भी आ सकते हैं। ज्यादा तर सपने घबराहट या भय की वजह से ही होते हैं।

● सेक्स संबंधित सपने वयस्क में 10% से कम आते हैं।

●औसतन 70% पुरुष एवं 65% महिलाएँ उसी तरह के सपने देखते हैं जो पहले आ चुके होते हैं।

● सपने लगभग सभी मनुष्य देखता है। यह बात और है कि कुछ लोगों को कुछ भी याद नहीं रहता।

● कभीकभी- सपने वास्तविक अनुभवों से जुड जाते हैं जैसे टेलीफोन की घंटी या दरवाज़े की घंटी वास्तव में बज रही हो परन्तु निद्रावस्था वाला व्यक्ति समझता है कि सपने में ऐसा हो रहा है।

● स्वप्न के समय शरीर को जैसे लकवा (Paralysis) मार जाता है।

● भारत, अमेरिका और साउथ कोरिया में सपने के एक अध्ययन में पाया गया कि-

भारत के 74% लोग सपनों में विश्वास करते हैं।

अमेरिका के 56% लोग सपनों पर विश्वास करते हैं।

साउथ कोरिया के 65% लोग सपनों पर विश्वास करते हैं।

● ज्यादातर अमेरिकी लोगों का मानना था कि यदि वे जहाज के दुर्घटनाग्रस्त होने के सपने देखते हैं तो हवाई यात्रा स्थगित कर देते हैं।

● एक अध्ययन में 42% लोगों का मानना था कि सपने भविष्यवाणी करते है क्योंकि उन्होंने जो स्वप्न देखा वे बाद में सत्य साबित हुए।

● शोधकर्ताओं के अनुसार तीस साल से कम उम्र वालों में 80% रंगीन सपने देखने वाले थे।

● 60 साल की उम्र वालों में 20% रंगीन सपने देखने वाले पाए गये।

● 20, 30, 40 उम्र वालों के सपने देखने वालों में 1993 -2009 तक रंगीन सपने देखने वालों में काफी बढोतरी दर्ज की गई। इसका एक कारण रंगीन टीवी भी हो सकता है।

● प्रथम माह में ड्रग्स लेने वालों के अध्ययन में पाया गया कि 90 % लोगों ने ड्रग संबंधित सपने देखें। जव कि छः माह से ड्रग लेने वालों में 61% लोग ड्रग संबंधित सपने देखें।

● शोध से पता चलता है कि बाहरी उत्तेजनाये सपनों के भावनाओं को प्रभावित करते हैं।

● औरतें मर्दों से ज्यादा अच्छी तरह सपनों को याद रख सकती हैं।

सपने बच्चे वयस्क स्त्री पुरुष सभी को आते हैं। एक रात में करीब डेढ से दो घंटे स्वप्न में ही गुजर जाते हैं। कई सपने पाँच से लेकर 20-25 मिनट तक चल सकते हैं। सपने रंगीन भी हो सकते है और श्वेत श्याम भी पर अधिकांशतः सपने रंगीन होते हैं। पुरुष और महिला के सपनों में भिन्नता हो सकती है जैसे महिलाओं को घर परिवार बच्चों से संबंधित सपने ज्यादा आ सकते हों और पुरुषों को शस्त्र कपडे आदि से संबंधित।

स्वप्न अंधा व्यक्ति भी देखता है।

जानवर भी शायद सपने देखते हैं? कुत्ता जब सोता हुआ दुम हिलाता है या पैर हिलाता है तो वह सपने में होता है इससे ऐसा प्रतीत होता है कि पशु भी सपने देखते होगे परन्तु इसे सत्यता पूर्वक नहीं कहा जा सकता कि जानवर भी सपने देखते हैं या नहीं?

स्वप्न के प्रकार

सपने विभिन्न प्रकार के होते हैं। कुछ सपने मंत्र मुग्ध करने वाले हो सकते है तो कुछ दबाब तनाव बढ़ाने वाले, कुछ सपने रोमान्चक हो सकते हैं तो कुछ रोंगटे खड़े करने वाले। कुछ रोचक हो सकते है तो कुछ अति भयानक। कुछ बेहद उत्तेजक किस्म के हो सकते हैं तो कुछ शांति प्रदाता। मनुष्य के स्वयं की मानसिक स्थिति का प्रभाव भी सपनों पर दिख सकता है। शोधकर्ताओं ने सपने को निम्न तरह विभाजित किया है –

1- Day dream - जब हम अर्ध निद्रा की अवस्था में होते हैं तो ऐसे सपने आते हैं। इन सपनों के समय हम भूत या भविष्य के दृश्यों की कल्पना करते हैं या याद करते हैं।

2- Lucid dreams - उस अवस्था में होता है जब स्वप्न दृष्टा यह महसूस करता है कि वह स्वप्न देख रहा है यानी सपनों में सपना। स्वप्न दृष्टा जान जाता है कि जो देख रहा है वह मात्र स्वप्न है।

3- Night mare - बुरे सपने चिंता घबराहट, भय या डर पैदा करने वाले होते हैं। ये सपने इस लिए आते हैं कि जिन्दगी में हम उस परिस्थिति में रहना नहीं चाहते जिसमें वर्तमान में हैं। तुरंत जगाने हेतु भी ऐसे सपने आ सकते हैं।

4 - Recurring dream - ऐसे स्वप्न जो बार बार कुछ भिन्नता के साथ आते हैं उनका कारण यह भी हो सकता है कि समस्या के प्रति आप गम्भीर नहीं हैं। ये सकारात्मक हो सकते हैं तथा डरावने रूप में आ सकते हैं। इनसे घबराना नहीं चाहिए। इनके प्रभाव भी लम्बे अर्से के बाद ही पता लग सकता है।

5 - Epic dream - नाना प्रकार के ऐसे सपने जिन्हें हम भूल नहीं पाते। यह यादों में कई साल तक ऐसे बने रहते हैं जैसे कल ही देखा गया हो।

सकारात्मक सपनों के बजाय नकारात्मक या चिंता घबराहट वाले सपने ज्यादा दिखते हैं ऐसा शोधकर्ताओं का कहना है जिन्होंने करीब 50, 000 कालेज में पढ़नें वाले बच्चों पर अध्ययन के बाद यह निष्कर्ष निकाला। इस शोध निष्कर्ष को Mr Hall's के शिष्य ने 1990 में प्रकाशित किया।

REM (rapid eye movement) की स्थिति में शरीर लकवा ग्रस्त अवस्था जैसा हो जाता है और यह स्थिति जगने के दस मिनट बाद तक रह सकती है। इसीलिए अनुभवी तथा डाक्टर लोग राय देते हैं कि जगने के बाद तुरंत चारपाई से उठकर बाथरूम में नहीं जाना चाहिए। उठने के बाद तीन चार मिनट चारपाई पर ही बैठे रहें सबकुछ सामान्य लगने पर ही खड़े हो या टहले। REM अवस्था को Active sleep stage भी कहा जाता है। इस अवस्था में दिमाग बहुत कार्यशील रहता है।

स्वप्न चक्र

शोधकर्ताओं के हिसाब से एक रात में देखें गये स्वप्नों का पूरा चक्र 90 मिनट से लेकर 120 मिनट तक चलता है। पहला चक्र पाँच से दस मिनट का होता है। इसमें शरीर और मांस पेशियाँ शिथिल होने लगती हैं। आलस्य की मुद्रा में आराम करने लगती हैं।

दूसरे चक्र में मस्तिष्क की क्रियायें सुस्त पड़ने लगती हैं। दिल की धड़कनें भी सुस्त होने लगती है तथा साँस भी धीमी होने लगती है।

तीसरे चक्र में मनुष्य निद्रा में चला जाता है।

चौथा चक्र ही वह चक्र है जिसमें गहरी निद्रावस्था में होकर मनुष्य स्वप्न देखता है। वैज्ञानिक भाषा में इसे Active stage या REM sleep stage कहते हैं। इस अवस्था में सासें तेज हो जाती हैं। आँख की पुतली तेजी से इधर उधर कई दिशा में घूमने लगती है। मांसपेशियां लकवा ग्रस्त सी हो जाती हैं। दिल की धड़कनें और ब्लड प्रेशर दोनों बढ़ जाते हैं। यह चक्र करीब बीस से पच्चीस मिनट का होता है। उपरोक्त चक्र रात में तीन से पाँच बार चलते हैं।

कुछ लोग कहते हैं कि वे सपने नहीं देखते हैं परन्तु सत्यता यहीं है कि सपने बच्चे से लेकर बूढें तक सभी देखते हैं परन्तु किसी को सपने के विषय में याद रहता है तो ज्यादातर अक्सर भूल जाते है। ड्रग, शराब या अन्य नशीली वस्तुओं के आदी लोगों की बात और है। वे तो साधारण सी बात भी याद नहीं रख पाते।

सपने याद क्यों नहीं रह पाते?

अक्सर हम नींद से जगने के बाद सपनों को भूल जाते हैं। इस भूलने के कई कारण हो सकते हैं जैसे :

1 - स्वप्न देखते समय कोई व्यवधान खड़ा हो जाए।

2 - दूसरा कारण है कि हम अपनी मेमोरी से सपनों को पुनः याद नहीं कर पाते।

3 -चिंता घबराहट की वजह से अक्सर सपने भूल जाते हैं।

4 -ईश्वरीय विधान से मष्तिक की ऐसी बनावट भी हो सकती है कि ज्यादातर सपने याद ही न रहें।

5 - शारीरिक अवस्था से भी याददाश्त कमजोर हो सकती है।

6 - ड्रग शराब या अन्य नशीली वस्तुओं के प्रभाव भी याददाश्त कमजोर कर सकते हैं।

ड्रग एवं नशीली वस्तुओं से दूर रहकर हम अपनी याददाश्त को बढ़ा सकते हैं। नींद अच्छी आये और कुछ व्यायाम किए जाते रहें तो याददाश्त बढ़ सकती है। चिंता घबराहट को कम करके भी याददाश्त को बढ़ाया जा सकता है। याददाश्त बनी रहे इसके लिए मनुष्य का स्वस्थ रहना भी बहुत जरूरी है। आयुर्वैदिक कुछ दवाइयां भी स्मरण शक्ति बढ़ाने में सहायक होते हैं।

वैज्ञानिक दृष्टिकोण एवं शोधकर्ताओं कै अनुसार स्वप्न के विषय में आपने कुछ जानकारी प्राप्त कर ली अब कुछ ऋषियों और शास्त्रों के अनुसार स्वप्नों के विषय में जानकारी लेते हैं। क्योंकि स्वप्न से संबंधित जानकारियां जो हमारे ऋषि मुनियों ने दी हैं वह हमारे लिए अमूल्य निधि हैं। मत्स्यपुराण, प्रश्नोंपनिषद मंडोक्योपनिषद ब्रह्म सूत्र आदि ग्रन्थों में स्वप्नों के विषय में विशेष जानकारियां दी हुई हैं।

प्रश्नोंपनिषद के अनुसार जागृत दर्शन से निवृत हुए जीव का जो अंतःकरण में जागृत के समान विषयों को देखना है उसे स्वप्न कहते हैं। जब सभी इन्द्रियां मन में एकीभाव को प्राप्त हो जाती हैं तब सोया हुआ पुरुष न सुनता है, न देखता है, न सूँघता है, न चखता है, न स्पर्श करता है, न बोलता है, न ग्रहण करता है, न कोई चेष्टा करता है तब उसे सोता हुआ कहते हैं। यहीं सोता व्यक्ति स्वप्न देखता है।

योग सूत्र के अनुसार जब व्यक्ति स्वभावतः या स्वेच्छापूर्वक स्मृति से विस्मृत में चेतनावस्था से अवचेतनावस्था में प्रविष्ट होता है तो चेतन और अचेतन की सम्मिश्रित प्रक्रिया यानी अवचेतन स्थिति में चला जाता है।

इसी को अपनी शारीरिक एवं मानसिक प्रवृत्तियों के अनुरूप निंद्रा में जो दृश्य देखता है उन्ही को स्वप्न कहते हैं।

पित्त प्रधान प्रवृत्ति वाले अग्नि एवं प्रकाश, वायु प्रधान प्रवृत्ति वाले व्यक्ति आकाश गमन तथा कफ प्रधान प्रवृत्ति वाले व्यक्ति जल जलाशयों से संबंधित स्वप्न देखते हैं।

ब्रह्म सूत्र में महर्षि वेदव्यास जी ने यह स्पष्ट बताया है कि स्वप्न हमारे जीवन में घटित होने वाले सभी सभी शुभ और अशुभ घटना क्रमों के प्रतीक होते हैं। व्यक्ति अपनी विवेक शीलता तथा इच्छा शक्ति के अनुरूप अशुभ को टाल कर शुभ से लाभ उठा सकता है।

माणडूक्योपनिषद् में ॐ के तीन मात्राओं अ उ म को स्थूल, सूक्ष्म, और कारण शरीर के अभिमानी विश्व, तेजस और प्राज्ञ का वर्णन करते हुए उनका ईश्वर के साथ अभेद किया गया है। इनकी अभिव्यक्ति की अवस्थायें क्रमशः जागृत, स्वप्न एवं सुसुप्ति हैंऔर इनके भोग स्थूल, सूक्ष्म और आनंद हैं।

जागृत अवस्था में जीव दक्षिण नेत्र में रहता है। स्वप्नावस्था में कंठ में एवं सुसुप्ति अवस्था में हृदय में रहता है। इसी का नाम प्रपंच है। कोई भी भ्रम बिना अनुष्ठान के नहीं हो सकता इसलिए इस प्रपंच भ्रम का भी अधिष्ठान होना चाहिए और वह है आत्मा जो कि नित्य, शुद्ध, ज्ञान रूप, सर्वात्मा और सर्व साक्षी है। यह प्रकाश स्वरूप है।

उपनिषद में एक बहुत ही अच्छा उदाहरण मशाल का है। मशाल को घुमाने पर अग्नि की तरह की आकृतियाँ दिखाई देती हैं। बचपन में ऐसा खेल हम सभी खेले होंगे। हमारे यहाँ तो इसे लुत्कारी का खेल कहा जाता था। सनई की डंडी में आग लगाकर जोर जोर से घुमाने से अग्नि का एक गोल

चक्र बन जाता था। घुमाना बंद करते ही यह गोला दिखाई देना बंद हो जाता हैं।

यदि इसपर विचार करें तो वस्तुतः वे मशालें न तो निकलती हैं न तो लीन होती हैं और न ही उनका कहीं से आना जाना होता है। उसकी प्रतीति केवल मशाल के स्पंदन का फल है। इसी प्रकार यह दृश्य केवल मन के स्पन्दन का फल है, वस्तुतः उसकी सत्ता है ही नहीं। इसी प्रकार यह दृश्य प्रपंच केवल मन के स्पन्दन के कारण प्रतीत होता है और मन के अमनीयभाव को प्राप्त होते ही न जाने कहाँ चला जाता है?

इस उपनिषद में स्वप्न और जागृत अवस्था में देखें गये दृश्यों को मिथ्या प्रतिपादित किया गया है। जिस प्रकार स्वप्नावस्था में चित्त में कल्पना किए हुए पदार्थ असत्य और बाहर देखें जाने वाले पदार्थ सत्य जान पड़ते हैं उसी प्रकार जागृत अवस्था में भी मानसिक एवं इन्द्रिय ग्राह्य दोनों ही प्रकार के पदार्थ असत्य हैं।

जागृत और स्वप्न दोनों ही अवस्थाओं का मिथ्यात्व सिद्ध होने पर प्रश्न यह उठता है कि इन चित्त परिकल्पित एवं बाह्य दृश्यों को देखता कौन है? उपनिषद मतानुसार प्रपंच की प्रतीति माया के ही कारण है। यह माया न सत् है न असत् और न ही सदसत्। वस्तुतः स्वरूप की विस्मृति ही माया है और यह ईश्वर की ही लीला है। अतः दृश्य दृष्टा कोई और नहीं आत्मा ही है।

भौतिक विज्ञान के पास आज भी इसका कोई समुचित उत्तर नहीं है कि स्वप्न क्यों दिखाई पड़ते हैं परन्तु अध्यात्म में इनके आदि कारणों का पता है और पश्चिम के शोधकर्ता अब हमारे प्राचीन ऋषियों की विचार धारा से सहमत हो रहें हैं। सहमति के कारण शोध द्वारा निकले परिणाम हैं। गुलामी के कारण हमारे बहुत से ग्रन्थ नष्ट कर दिए गये या चुरा लिए गये। संस्कृत भाषा को अपमानित किया गया और पश्चिम का प्रभाव कुछ इतना

बढ़ गया कि हम अपने ऋषियों और संतों की कही बात पर उतना विश्वास नहीं करते जितना कि विदेशी विद्वानों पर अन्यथा यह मानने में कोई संकोच नहीं होना चाहिए कि भारत हर क्षेत्र में चाहे वह विज्ञान का हो या अध्यात्म का, हमेशा अग्रणी रहा है।

शरीर की चार अवस्थायें होती हैं –

(1) जागृत अवस्था

(2) निद्रा अवस्था

(3) सुसुप्त अवस्था

(4)ब्राह्मी अवस्था

जागृत अवस्था

इस अवस्था में कर्मे न्द्रिय, ज्ञानेन्द्रिय, मन, प्राण, बुद्धि, अंतःकरण सभी कार्य रत रहते हैं जिससे रूप, रस, गंध, स्पर्श आदि का भलीभांति आभास होता रहता है ।इस सचेतन अवस्था में जो कुछ कार्य करते हैं वे सभी जागृत अवस्था की क्रियायें हैं। इस अवस्था में आँखों से देखना, कानों से सुनना, पैरों से चलना, हाथ से लिखना कार्य करना आदि सभी कुछ होता है तथा अपने इस स्थूल शरीर का भी पूरा ज्ञान रहता है। इस अवस्था में सभी चीजें सत्य लगती हैं। काल्पनिक कुछ भी नहीं। हालाँकि पूरे जगत को ही माया रूप (काल्पनिक) बताया गया है।

निद्रा अवस्था

यह एक ऐसी अवस्था है जिसमें निद्रा के अधीन होकर जीव बाह्य पदार्थों से हटकर अंतः पदार्थो को ही अच्छी तरह जानने लगता है इसी

अवस्था को निंद्रा अवस्था कहते हैं। इस अवस्था में हमें अपने इस शरीर का ज्ञान नहीं रहता है। शरीर मृत्यु तुल्य पलंग पर निढाल पड़ा रहता है परन्तु प्राण वायु कि क्रिया चालू रहती है। स्वप्न इसी अवस्था में आते हैं।

स्वप्न देखते समय न तो हमारी कोई कर्मेन्द्रिया ही काम करती हैं और न ही ज्ञानेन्द्रिया। लेकिन मन बुद्धि आदि अंतः करण सक्रिय रहते हैं और इन्हीं के द्वारा स्वप्न रचित विभिन्न प्रकार के भोगो को हम भोगते हैं। सपने सो जाने के बाद किसी भी समय आ सकते हैं।

मन की चंचलता का आभास तो हम जागृत अवस्था में भी करते हैं। यह इतना चलाय मान है कि एक जगह मुश्किल से ही टिकता है और इतना शक्तिशाली है कि इसके लिए सब कुछ संभव है। इसलिए आँखों या अन्य इन्द्रियों के विमुख रहने पर भी हम सब कुछ वैसा ही करते, देखते, सुनते और रूप, रंग, गंध का भोग करते हैं जैसा कि जागृत अवस्था में होता है परन्तु कई आकृतियाँ विचित्र रूप में दिखाई दे सकती हैं जिन्हें हमनें कभी जागृत अवस्था में न देखा है न कल्पना किया है। उदाहरण के लिए चार दाँत वाला हाथी परन्तु कल्पना में सब संभव है और चित्त की कल्पना ही तो स्वप्न है।

यदि हम किसी पुष्प वाटिका में घूम रहे है तो हमारे हाथ पाँव उसी तरह स्वप्न में भी कार्य करते दिखाई पड़ते हैं जैसे जागृत अवस्था में हम टहलते घूमते हैं। फूलों के रूप रंग खुशबू का वही आनंद मिलता है जैसे कि जागृत अवस्था में जबकि शरीर निढाल पलंग पर पड़ा है और सभी इन्द्रियाँ अकर्मण्यता की स्थिति में हैं। हमारे शास्त्रों का कथन है कि पूर्व जन्म के कर्मो का फल भी जीवात्मा इस स्वप्न अवस्था में भुगत लेता है।

सुसुप्त अवस्था

इस अवस्था में इन्द्रियाँ ही नहीं बल्कि मन भी आराम करता है। सुसुप्त का मतलब ही है पूर्ण रूप से सोया हुआ। इस अवस्था में न तो किसी तरह की इच्छा होती है न कोई संकल्प। यह तभी संभव होता है जब जीव घोर निद्रा में होता है। इस अवस्था में कोई स्वप्न नहीं आते हैं। इस अवस्था और मृत्यु में बस इतना ही अंतर है कि इसमें प्राण विभाग की सक्रियता बनी रहती है।

ब्राह्मी अवस्था

यह एक ऐसी अवस्था है जिसमें न तो जागृत, न ही निद्रा अवस्था और न ही सुसुप्त की अवस्था होती है। अच्छर ब्रह्म से एकता का भाव ही ब्राह्मी अवस्था है।

उपरोक्त अवस्थाओं में सिर्फ निद्रावस्था ही ऐसी अवस्था है जिसमें स्वप्न से साक्षात्कार होता है। सोने के बाद किसी भी समय इस अवस्था में सपने आ सकते हैं। सपने आनंददायी, दुखदाई, डरावने या विपत्तिदायक सभी प्रकार के हो सकते हैं। कभी कभी नींद से चेतना की तरफ लौटाने के लिए भी सपने आते हैं। जैसे किसी ब्यक्ति को लघुशंका के लिए जाना है या जोरो की प्यास लगी है तो स्वप्न में भी उसी तरह के भाव उत्पन्न हो सकते हैं। दिन में भी गहरी निद्रावस्था में जाने पर वैसे ही सपने आते हैं जैसे रात की निद्रावस्था में।

आध्यात्मिक दृष्टिकोण से देखें तो इस पंचभूत शरीर का संचालन करने वाला कोई और नहीं बल्कि परमात्मा है और यह आत्मा रूप में शरीर में विद्यमान है। वही संचित कर्मों के भोग हेतु सपने बनाता है और दृष्टा की

भांति उसे देखता भी है परन्तु इतना जरूर है कि उसकी लिप्तता कही भी नहीं रहती। सब कुछ निर्लिप्त होकर करता और दिखलाता है।

सपने में बहुत सी अनहोनी बातें दृष्टिगोचर होती हैं जिसे हम भले ही बेतुका अथवा बिना सिर पैर का समझें परन्तु वे हमारे पूर्व की घटनाओं से या भविष्य में आने वाली घटनाओं से संबंधित अवश्य होती हैं।

उदाहरण स्वरूप कभीकभी- ऐसा सपना आता है कि हम आकाश में उड़ रहे हैं। ऐसे सपने को हम बिना किसी सिर पैर का मानकर ध्यान नहीं देते क्योंकि हमें उड़ने का कोई अनुभव नहीं है परन्तु ऐसा हो सकता है कि किसी पूर्व जन्म में या तो देव रूप में या फिर उडाकू रूप में हम आकाश में उड़े थे। यह संस्कार मन में संचित रहता है और अकस्मात सपने के रूप में प्रकट हो जाता है। ऐसा भी संभव है कि हवाई सुविधाओं के तेजी से विस्तार की योजना निकट भविष्य में होने वाला हो। यह भी संभव है कि आप जीवन में शक्तिशाली बनना चाहते हो और आजाद रहना चाहते हों परन्तु यह इच्छाओं पूर्ण न हो पा रही हो?

कभीकभी- हम ऐसे स्थान का सपना देखते हैं जिसका अपने जीवन काल में हमनें कभी अनुभव नहीं किया परन्तु यह प्रमाण है कि पूर्व जन्म में हमनें उस स्थान को अवश्य देखा होगा।

ऐसी ही पुष्टि स्वामी विवेकानन्द जी ने भी की है। एक स्थान को उन्होंने कभी स्वप्न में देखा था और जब वे अमेरिका के भ्रमण पर थे तो हूबहू वैसा ही स्थान देखकर दंग रह गये। स्वामीजी पहली बार अमेरिका गये थे और उस जगह को इससे पहले कहीं किसी अन्य माध्यम से देखा भी नहीं था।

मैं जब ग्रेजुएशन हेतु पहली बार कानपुर गया तो एक स्थान पर जाकर ठिठक गया। ऐसा लग रहा था कि यहाँ मै पहले आ चुका हूँ और यहाँ

की सारी चीजे मेरी जानी पहचानी हैं। सड़क, दुकान अन्य स्थान पूर्व में देखें से लगे। एक चाय की दुकान पर बैठ कर दिमाग पर जोर डालने के बहुत देर बाद समझ में आया कि सपने में एक बार मैंने ऐसा स्थान देखा था। यह स्थान था मोतीझील के पास के अशोक नगर कालोनी का।

मानव मस्तिष्क एक बहुत बड़ा भंडार हैं जिसमें पूर्व जन्मों के विचार एवं अनुभव संचित रहते हैं। समय समय पर सपनों के माध्यम से ये हमारे समक्ष आकर हमें चौंका देते हैं।

सपने अतीत, वर्तमान या भविष्य के किसी चीज से संबंधित हो सकते हैं उदाहरण स्वरूप बीमारी, उन्नति, अवनति, आने वाले समय के विषय में, दुर्घटना आदि से संबंधित आदि। मन में उठी कोई भी लहर हो सपने आवश्यकता के अनुरूप कभी भी सांकेतिक रूप से या हूबहू उसी प्रकार व्यक्त कर सकते हैं।

जब हम स्वप्न देखते हैं तो शरीर तो चारपाई पर पड़ा रहता है परन्तु मन कहीं और की सैर पर चला जाता है। जागृत अवस्था में हमें अपने शरीर का ध्यान रहता है परन्तु निद्रावस्था में अपना शरीर भूलकर हम दूसरे शरीर के माध्यम से ही भ्रमण करते हैं और नींद टूट जाने पर वह सब अदृश्य हो जाता है। स्वप्नावस्था में मन के लिए दूर नजदीक जैसा कुछ भी नहीं होता। शरीर आपका भारत में है पर मन हो सकता है अमेरिका की सैर कर रहा हो।

सृष्टि के हर कण में परमात्मा का निवास हैं। यह रहस्यों से परिपूर्ण है। रहस्य का भेद चाहे वह स्वप्न हो या जीवन, बिना ईश्वरीय विधान को जाने पूर्ण रूप से संभव है ही नहीं? क्योंकि रहस्यों के विश्लेषण में सबके अलग अलग विचार और तर्क हो सकते हैं जैसे मनोविद कहते हैं कि मन ही आत्मा है। बौद्धिक कहते हैं बुद्धि ही आत्मा है। चित्तज्ञो का मानना है कि

चित्त ही सत्य वस्तु है। सूक्ष्मवेत्ता के अनुसार आत्मा सूक्ष्म है। स्थूलवेत्ता इसे स्थूल मानते हैं।

वैज्ञानिक भी इसी परमाणु तत्व की खोज में लगे हैं और लांग कोलाइडल मशीन के जरिए विभिन्न परीक्षण कर रहे हैं। हो सकता है रहस्य से पर्दा हट जाय और सबका जवाब वैज्ञानिक आधार पर मिल जाय। जिस सूक्ष्म परमाणु की खोज में आज विज्ञान जुटा है हज़ारों वर्ष पहले हमारे ऋषियों ने खोज लिया था और बताया था कि ईश्वर सूक्ष्म से भी सूक्ष्म परमाणु है और जो इस छोटे से पिंड में है वही पूरे ब्रह्माण्ड में है, **"यथा पिन्डे तथा ब्रह्माण्ड"**

मस्तिष्क एक कम्प्यूटर

मस्तिष्क की कार्य प्रणाली वैसी ही है जैसे कम्प्यूटर की। कम्प्यूटर की मेमोरी की क्षमता तो सीमित है पर मस्तिष्क रूपी कम्प्यूटर की असीमित है। विगत, वर्तमान तथा भविष्य के संकेत न जाने कितने जन्मों से इसमें सुरक्षित पड़े हैं। जब हमें किसी डाटा को देखना होता है हम कम्प्यूटर की मेमोरी से सर्च करके वह डाटा निकाल लेते हैं। इसी प्रकार से मन को जब कभी जरूरत होती है तो वह सुरक्षित पडे डाटा को मस्तिष्क के स्टोरेज से निकाल कर स्वप्न के रूप में हमारे सामने रख देता है।

निद्रा की अवस्था में इन्द्रियों के शिथिल होने के बावजूद मन रूप रंग गंध आदि के साथ कुछ इस तरह से रखता है कि जिस तरह से आप जागृत अवस्था में देखते सुनते है। जिस तरह जागृत अवस्था में वास्तविकता की अनुभूति होती है वही अनुभूति स्वप्न की अवस्था में भी होती है।

जागृत अवस्था में जैसे कभी कभी भय की दशा में चिल्लाने या भागने की कोशिश करते हैं पर न आवाज़ निकल पाती है और न ही तेज भागा जा सकता है ठीक वही दशा सपनों में भी देखी जाती है। मन में किसी प्रकार की चिंता, घबराहट या अन्य किसी प्रकार की मानसिक परेशानियां हो तो हमारा मष्तिक उनकी गहराई में जाकर हल ढूँढने की कोशिश भी करता है। परीक्षा के समय बच्चों में ऐसी चिंता देखी जा सकती है।

मैं अपना उदाहरण देना चाहूँगा। मेरे स्कूल में केमेस्ट्री विषय को पढ़ाने की उचित व्यवस्था न होने के कारण इस विषय में मैं और बहुत से बच्चे बहुत कमजोर थे। इन्टरमीडिएट में हालाँकि शहर के अच्छे कालेज में आ गया और टीचर और लैब की व्यवस्था भी अच्छी थी पर प्रारंभिक कमजोरी दूर न कर पाया। मैं पढाई में अच्छा था पर केमेस्ट्री को लेकर बहुत चिंतित था।

इन्टर परीक्षा के समय यह चिंता काफी बढ़ गई थी और मेरे मन में यह विश्वास होता जा रहा था कि केमेस्ट्री के नाते मैं फ़ेल न हो जाऊँ। परीक्षा के आठ दस दिन पहले स्वप्न में मुझे प्रश्न पत्र के दो प्रश्नों का आभास हुआ। सुबह उठकर मैं लिखना चाहा तो एक प्रश्न तो याद रहा पर दूसरा भूल गया। बाकी विषयों में मुझे कोई परेशानी नहीं थी इस लिए मैंने अपना सारा ध्यान केमेस्ट्री पर केन्द्रित कर दिया। बड़ी मुश्किल से पाँच छह प्रश्नों का उत्तर रट डाला। परीक्षा में जब प्रश्नपत्र बटा तो सरसरी तौर पर देखने पर दूसरा वाला प्रश्न भी याद आ गया। दोनों प्रश्न हूबहू वैसे ही आये थे जैसा मैंने देखा था। जो प्रश्न मुझे याद था उसे तो बहुत अच्छी तरह लिख लिया। बाक़ी प्रश्न आते नहीं थे अतः लिखता क्या? मेरे मन में पक्का विचार बैठ गया कि इस साल मैं इण्टरमीडिएट किसी भांति पास नहीं कर पाउँगा।

पेपर समाप्ति के बाद घर लौट आया। रिजल्ट निकलने पर मुझे यह देखकर बड़ा आश्चर्य हुआ कि मैं द्वितीय श्रेणी में उत्तीर्ण था। अंक पत्र प्राप्त होने पर पता चला कि मुझे उसी एक प्रश्न के उत्तर में नौ अंक मिले और चार अंक ग्रेस मार्क के। कैसे वे दो सटीक प्रश्न मेरे सपने में आये आज तक नहीं समझ सका? पर आभारी हूँ उस स्वप्न दाता का जिसने मेरा एक साल बर्वाद होने से बचा लिया। इस सपने के बाद मुझे तो निश्चित रूप से यह भरोसा हो गया कि स्वप्न में ईश्वरीय प्रेरणा का हाथ होता है जिससे अचेतन मन से चेतन मन को ऐसा संदेश ट्रान्सफर होता है।

हिटलर के विषय में भी एक ऐसे ही सपने का उल्लेख मिलता है जिसमें कि वह अपनी सेना के साथ बंकर में सोया हुआ था। स्वप्न में उसे एहसास हुआ कि ज्वालामुखी का धधकता लावा और मलबा उस पर गिर रहा है और वह दबता जा रहा है। इस सपने से डरकर वह बदहवासी की हालत में बाहर की ओर भागा। कुछ देर बाद जब वह होश में आया तो समझा कि यह केवल एक दुखद स्वप्न था। उसने ईश्वर को धन्यवाद दिया। वह वापस लौट रहा था तभी एक बम बंकर पर आकर गिरा और सो रहे सारे सैनिक मारे गये। सैनिक सब मर गये परन्तु वह सपने की वजह से बच गया। इस सपने ने इतिहास ही बदल डाला।

प्राचीन काल में मिश्र में पुजारी स्वप्नों के व्याख्याकार होते थे। उनका मानना था कि सपने ईश्वर द्वारा भेजे गये संदेश होते हैं। डाल्डिस आर्टेमिडोस ने सपनों की व्याख्या शीर्षक से एक ग्रंथ लिखा था। उनका कहना था कि सपने भविष्य की भविष्यवाणी कर सकते हैं।

ईश्वर दयालु है। जब हमारे मन में चिंता, अज्ञात भय, नकारात्मता आदि घर कर लेते हैं तो स्वप्न उसे अपने तरीके से समाधान की कोशिश

करते हैं और भविष्य में घटने वाली घटनाओं के प्रति हमें जागरूक करते हैं। यह बात अलग है कि कि हम स्वप्न पर ध्यान दें या न दें।

सपनों का शुभ अशुभ फल

ऐसा लोगों का कथन है कि सपने शुभ और अशुभ दोनों प्रकार के फलों की तरफ संकेत करते हैं। मै इसे इस दृष्टिकोण से देखता हूँ कि सपने हमारे सहयोगी हैं वे हमारी मानसिक शारीरिक एवं आर्थिक परिस्थिति के अनुसार हमें सचेत करते हैं। यह कोई कोरी कल्पना नहीं है बल्कि स्वयं के अनुभव के आधार पर लिख रहा हूँ। जब ईश्वरीय शक्ति का विश्वास के साथ अनुभव किया जाता है तो धीरे-धीरे सारी चीजें समझ में आने लगती हैं। इस जगत की सारे पदार्थ मनुष्य मन के अंदर मौजूद हैं या यूँ कहें कि पूरा ब्रह्माण्ड शरीर के अंदर ही व्याप्त है। सृष्टि की रचना सूक्ष्म परमाणु तथा शक्ति के विभिन्न संयोग का ही फल है। विज्ञान भी इसकी पुष्टि करता है।

समय की याद दिलाने हेतु एलार्म घड़ी में टाइम लगा कर सोते हैं कभी ईश्वरीय अलार्म को लगा कर देखिए। सोने के पहले अपने इष्टदेव का ध्यान करके छाती पर समय को उगली से लिखकर सोयें। जो समय आप ने लिखा होगा ठीक उसी समय नींद खुल जाएगी। मुर्गे के पास कौन सा समय जानने की घड़ी है पर प्रतिदिन एक निश्चित समय पर बांग देने लगता है?

ईश्वरीय रहस्य को विज्ञान की दृष्टि से न देखकर स्वयं उसपर विश्वास करके उसकी लीलाओं को निहारें। छुई मुई के एक पत्ते को उंगली से हल्का सा छू देने भर से क्यों सारे पत्ते आपस में चिपक जाते हैं? और डंठल नीचे को झुक कर ऐसा आभास कराने लगता है जैसे आदर पूर्वक नतमस्तक होकर प्रणाम कर रहा हो थोड़ी देर बाद पुनः वह पहले वाली स्थिति में आ जाता है।

आज कुप्रवृत्तियां बढ़ने के नाते मनुष्य अहंकारी हो चला है। स्वयं को प्रत्येक वस्तु का कर्ता मानता है। ईश्वर पर से भी भरोसा उठ गया है और जिन्हें भरोसा है भी वे भी बजाय स्वयं के आचरण को सुधारने के ईश्वर को ही कटघरे में खड़ा करने की कोशिश करते हैं जिसके नाते मानसिक द्वन्द में उलझे रहते हैं।

सपने मानसिक चिंता को कम करने में हमारी मदद करते हैं और समस्याओं का समाधान भी स्वप्न के माध्यम से बताते हैं। जिन समस्याओं के प्रति हम उदासीन दिखते है वे थोड़े थोड़े परिवर्तनों के साथ बारबार आकर हमारा ध्यान उधर आकृष्ट करते हैं तथा भविष्य में घटने वाली घटनाओं की जानकारी भी प्रदान करते हैं।

एक अच्छा मित्र भी तो ऐसे ही व्यवहार करता है फिर हम क्यों सोचते हैं कि ऐसा सपना इस लिए दिखाई पड़ा कि कुछ अशुभ होने वाला है? सपनों को ध्यान में रखकर अशुभ को टाला भी तो जा सकता है?

मानस में प्रसंग है –

कठिन करम गति जान विधाता। जो सुभ असुभ सकल फल दाता।
सुख दुख हानि लाभ सब कर्म के अधीन हैं। कर्म की गति बहुत कठिन है।
उसे विधाता ही जानता है जो शुभ और अशुभ सभी फलों का देने वाला है।
जब शुभ अशुभ कर्म के अधीन हैं तो बजाय शुभ एवं अशुभ में उलझने के
क्यो न शुभ कर्म करें जिससे अशुभ की आशंका ही समाप्त हो जाय।

स्वप्न के माध्यम से यह एक सीधा संदेश ही तो है कि कर्म में सुधार की आवश्यकता है अन्यथा फल विपरीत जा सकता है? जब हम निद्रावस्था में होते हैं तो मस्तिष्क विचारों, भावनाओं के साथ शब्दों और दृश्यों को

लेकर एक कहानी गढ़ता है। इस कहानी को गढ़ने का कुछ न कुछ प्रयोजन तो है ही भले ही कुछ लोगों की निगाह में यह कोरा बकवास हो।

मानव मन है ही ऐसा। कोई विचार रखा जाय तो कुछ लोग पक्ष में होकर समर्थन करेंगे और "हाँ" कहेगें। कुछ लोग विरोध में होगे तो "ना" कहेंगे। कुछ लोग न तो हाँ की तरफ होंगे और न ही ना की तरफ। कुछ ऐसे भी हो सकते हैं जो कह सकते हैं मै जानता ही नहीं। निश्चयात्मक बुद्धि तो निर्मल मन से ही मिलती है।

सपनों के साथ भी कुछ ऐसा ही है। कोई शोधकर्ता की तरह शोध कर फल निकालेगा तो कोई मनोवैज्ञानिक की तरह, कोई ज्योतिषी की तरह तो कोई विद्वता या तर्क वितर्क के आधार पर?

इस लिये इसका जो निष्कर्ष या फल निकलेगा उसमें अंतर को नकारा नहीं जा सकता। कोई उसी सपने की व्याख्या शुभ संकेत के रूप में करेगा तो कोई अशुभ फल संकेत के रूप में भी कर सकता है?

इसीलिए मैंने तो मान लिया कि सपने हमारे शुभचिंतक हैं और यदि कुछ अशुभ संकेत कर रहें हैं तो हमें उनकी बात मानकर अपने कर्मो पर विशेष ध्यान देने की जरूरत है जिससे अशुभ को टाला जा सके।

हर वस्तु के दो पहलू

ईश्वरीय विधान के अनुसार तो हर चीज के दो पहलू होते ही हैं। जहाँ शुभ होगा वहाँ अशुभ तो रहेगा ही। शुभ और अशुभ तो सदा से रहे हैं परन्तु इन्हें नितांत पृथक रूप में न देखकर यह सोच रखनी चाहिए कि जब शुभ का विकास होता है तो जो कम शुभ होता है उसे भी हम अशुभ ही मानने लगते हैं।

एक सिक्के का उदाहरण लेते हैं जब तक वह प्रचलन में रहता है शुभ के ही रूप में देखा जाता है परन्तु जिस दिन प्रचलन से बाहर हुआ खोटा सिक्का हो गया। पुनः यदि प्रचलन में आए तो वही खोटा सिक्का शुभ कहा जाने लगेगा।

विज्ञान और आध्यात्म में यह एक फर्क है कि विज्ञान बिना परीक्षण के कोई बात नहीं मानता और न ही विश्वास करता है जब कि अध्यात्म पहले विश्वास करता है फिर उसका अध्ययन करता है। बिना विश्वास कुछ फलित भी नहीं होता। शुभ अशुभ के लिए भी तो विश्वास करना ही पड़ेगा।

मन में सकारात्मक विचार हैं तो मन उसी के अनुसार पात्र ढूँढ कर कहानी गढ़ कर पेश करेगा और विचार नकारात्मक हुए तो वह उन्ही पहलुओं को दर्शायेगा। यदि किसी का मन निर्मल है सात्विक और विचार सकारात्मक है तो उसे शुभ सपने ज्यादा दिख सकते हैं और यदि विचार नकारात्मक हुए तो भय घबराहट और बुरे सपने ज्यादे दिखलाई पड़ सकते हैं।

मन में नकारात्मक विचारों को प्रश्रय देना ही नहीं चाहिए। जब मन में नकारात्मक भाव जगे तो यह धारणा मन में दृढ़ करना चाहिए कि जब सब दरवाजे बंद भी हो जाएगे तो ईश्वर कोई न कोई खिड़की खोल ही देगा।

हमारे पास ईश्वर ने इतना शक्तिशाली मन दिया है कि उसके लिए कोई काम असम्भव है ही नहीं साथ ही साथ बुद्धि विवेक दिया है जिससे सोच समझ कर हर काम भली भांति कर सकें। सर्वोपरि ईश्वर स्वयं आत्मा रूप में बैठ कर हमारा मार्गदर्शन कर रहा है फिर नकारात्मक सोच क्यों पनपने दिया जाय जिससे अशुभ के बढ़ने की संभावना हो?

यह कहा जा सकता हैं कि ऐसी अनेक विकट परिस्थितियों उत्पन्न हो जाती हैं जिससे। जूझना पड़ता है। तो इसका दूसरा पहलू भी ध्यान में

रखा जाना चाहिए कि ईश्वरीय शक्ति और सामर्थ्य भी तो इसीलिए मिला है कि नकारात्मक भाव आ भी जायँ तो उन्हें दूर किया जा सके। आज जो परिस्थिति विपरीत है आखिर उसका निर्माता कौन है? जिम्मेदार तो स्वयं व्यक्ति खुद ही है।

ईश्वर तो दयालु है। समदर्शी है। दीनबंधु है वह तो आप के लिए ऐसा स्वप्न में भी नहीं सोचेगा कि कोई भी व्यक्ति अनायास किसी विकट परिस्थितियों से जूझे।

फिर तो सीधा सा उत्तर है कि मुसीबत आप की स्वयं की उपजाई है तो निराकरण भी तो आप ही को करना पड़ेगा। ईश्वर ने तो सीधा सा फल सबके लिए बनाया है कि जो आप करेंगे उसी अनुसार फल की प्राप्ति होगी। बबूल का पेड़ लगाकर आम की अभिलाषा तो व्यर्थ होगी ही।

परमेश्वर की यह महानता ही है कि उसने जो कुछ उपलब्ध कराया है वह सबके लिए प्रचुर मात्रा में बिना किसी भेद भाव के दिया है। क्या सूरज ने अपनी रोशनी देने से किसी को इन्कार किया है? क्या जल और हवा अलग-अलग लोगों के लिए अलग प्रबंध किया है क्या? फिर निराशा के दलदल की तरफ स्वयं कदम बढ़ाने की जरूरत ही क्या?

दिमाग और शक्ति सभी को बराबर मिला है कोई उसे पूरा इस्तेमाल करता है और महान बन जाता है तो कोई बहुत कम उपयोग करता है और अपनी वर्तमान स्थिति में ही पड़ा रह जाता है। कोई अच्छे कामों के लिए अपनी बुद्धि शक्ति का उपयोग करता है तो कोई दोनों को बुरे कामों में झोंक देता है और नकारात्मता का शिकार हो कर बेचैन रहता है।

अपने मन को दिशा देने की जरूरत है सोच को बदलने की जरूरत है। बुरे स्वप्न आयेंगे तो चेतना प्रेरणा देने के लिए पर न समझ पाने की वजह से व्यक्ति खुद और कई मुसीबत पाल लेता है।

कर्म रहस्य चींटी से सीखा जाना चाहिए। सौ बार गिरने के बाद भी अंत में सफलता पाए बगैर काम को अधूरा नहीं छोड़ती । आलसी निकम्मापन पाल कर बैठेंगे तो असफलता और नकारात्मक सोच घर करेगी ही।

याद रखना चाहिए साहस धैर्य पराक्रम क्षमता रूपी सारे दीये बुझ भी जाय फिर भी मन में आशा का दीपक जल रहा हो तो सारे दीयों को फिर से जलाया जा सकता है। इसलिए आशा को पकड़े रहना चाहिए। आशा रूपी डोर टूटनी नहीं चाहिए। फिर कैसा भी स्वप्न आये विचलित नहीं होंगे?

कहा गया है कि आशा ही जीवन है और निराशा मृत्यु । आपने मिशनरी अस्पतालों में देखा होगा मृत्यु के नजदीक पहुँचे मरीज के पास उनका प्रीस्ट आकर कुछ बोलता है और बीमार व्यक्ति को सांत्वना देते कहता है तुम्हारी बीमारी ईश्वर जल्द ठीक कर देगा। यह बस मन में एक आशा का संचार करना है। कई लोग जो निराशा त्याग आशावान हुए वे जल्दी ठीक भी हो गये।

बुरे या भयानक सपने नकारात्मक सोच की उपज भी हो सकते हैं। अतः हो सकता है नकारात्मक भावना को मन से निकालने हेतु ही मन स्वयं भयानक, डरावने और दुखद सपने गढ़ा हो या फिर आपको चेतावनी हेतु आया हो।

ईश्वर ने जीव को को जो शक्ति दी है उसका दो रूपों में प्रयोग होते देखा गया है। जब यह शक्ति अच्छे काम के लिए लगाई जाती है तो यह “दैवीय शक्ति” बन जन कल्याण के काम करती है और जब इस शक्ति का उपयोग बुरे कामों के लिए किया जाता है तो यह “आसुरी” शक्ति बनकर बुरे कर्मों में लिप्त होकर स्वयं का तथा दूसरोंका नुकसान करती है।

बुरे कर्तव्य करेगें तो नकारात्मता ही बढ़ेगी और जितनी तेजी से यह बढ़ेगी उतनी चिंता, घबराहट, भय बढ़ेगा। इन्हें जताने एवं चिंता को कम करने के लिए सपने तो निश्चित रूप से आयेगे ही। इसलिए जो मिला है उसमें संतोष करते हुए हमेशा दूरदर्शिता रखते हुए कर्म करें। न कुछ अशुभ है न शुभ। **जाकी रही भावना जैसी प्रभु मूरत देखी तिन तैसी**।

हमारे सामने माता सीता का एक अनूठा अकल्पनीय और अतुलनीय उदाहरण है। जानकी जी के पिता जनक जी के पास ऐश्वर्य और सुख के सारे साधन मौजूद थे जिसे देखकर कहा जा सकता था कि सीता जी से भाग्यशाली भला कौन हो सकता है?

जिसके ससुर चक्रवर्ती सम्राट हो और मर्यादा पुरुषोत्तम प्रभु जिसके पति हो क्या उनपर स्वप्न में भी विपत्ति आ सकती है? उसी सीता को चौदह साल जंगलों की खाक छाननी पड़ी, अपहरण और अग्नि परीक्षा जैसे दुःसह दुख झेलने पड़े और परित्यक्त जीवन जीना पड़ा।

उनके धैर्य, साहस, संयम, गंभीरता और निर्णय क्षमता की जितनी तारीफ की जाए कम है। सारी विपरीत परिस्थितियों के बावजूद भी मुँह से न उफ निकला न कटु वचन और जो परिस्थिति मिली उसी में अपने को ढालकर खुश थीं। अंत में अपने आत्म सम्मान को भी बचाये रखा। सपने उन्होंने भी देखा पर उससे विचलित न होकर साहस एवं संयम से काम किया।

हम यह नहीं कहते कि सपने अशुभ फल के संकेतक नहीं हैं पर इसे ऐसे लें कि सपने हमारी निर्णय क्षमता और कर्मठता को बढ़ाने में हमारी मदद हेतु भी आ सकते हैं। आप उसका फायदा उठाये उन्हे निरर्थक या डराने वाले कहकर टाले नहीं बल्कि अपनी उन गलतियों को पहचाने जिनकी वजह

से ऐसे सपने आ रहे हैं और उनके निराकरण का प्रयास करें। सपने आपके ही अंतरमन के दर्पण हैं।

वैज्ञानिक एवं मनोवैज्ञानिक दृष्टिकोण

स्वप्न एक ऐसा रहस्य है जो चाहे आम नागरिक हो, ज्योतिषी हो, वैज्ञानिक हो, मनोचिकित्सक हो सबका ध्यान अपनी तरफ आकर्षित करता रहता है। पश्चिमी देशों में भी इसपर बहुत से शोध के कार्य हुए हैं। हमारे यहाँ तो शुरू से ही हमारे ऋषियों ने इसपर बहुत कुछ लिखा है। मत्य पुराण, प्रश्नोंपनिषद, मान्डोकपो निषद, ब्रह्म सूत्र आदि में इनका उल्लेख मिलता है।

वैज्ञानिक शोध शुरुआती दौर में शरीर को लेकर फिर मानसिक स्तर पर किए गये। कई प्रमुख पाश्चात्य वैज्ञानिकों के शोध का वर्णन पहले किया जा चुका है।

चिकित्सकों के मतानुसार दुखद स्वप्नों का कारण शारीरिक अस्वस्थता, साँस लेने की कठिनाई, मस्तिष्क में आक्सीजन की कमी का होना है।

मनोवैज्ञानिकों के अनुसार जागृत अवस्था में घटी घटनाओं का प्रभाव मानव मस्तिष्क पर पड़ता है। जिसकी वजह से दुखद स्वप्नों का आना है। जैसे नौकरी का छूट जाना, व्यापार में हानि, पति पत्नी में मन मुटाव, तलाक आदि। ऐसी घटनाओं का प्रभाव मानव मस्तिष्क पर पड़ता है जिससे अनेक इच्छाओं और विचारों का जन्म होता है और इन अपूर्ण प्रसंगों की अभिव्यक्ति स्वप्नों द्वारा होती है।

दुखद सपने अशुभ फलदायी हों ऐसा बिल्कुल नहीं कहा जा सकता परन्तु ये सपने कुछ महत्वपूर्ण संदेश अवश्य देते हैं। इसलिए इन भयानक

और डरावने सपनों से घबराने की बजाय ऐसे कारणों को समझ कर उन मानसिक तनावों से छुटकारा पाने का प्रयत्न करना चाहिए।

उदाहरण के तौर पर सिर कटा देखने पर धन का लाभ होते बताया गया है। पैरों में बेडियाँ देखने पर राज्य लाभ का फल बतलाया गया है। ऐसा लोगों का मानना है कि अपनी मृत्यु देखने का फल शुभ होता हैं।

सपनों का सटीक विश्लेषण

सपने यूनिवर्सल हो सकते हैं। यह भी सही है कि कई लोग एक खास प्रकार का सपना ही देखें हो पर इनका फल एक जैसा हो यह नहीं मानना चाहिए। इसका कारण यह है कि भले ही वही प्रतीक अलग अलग लोगों ने देखा हो पर लोगों की शारीरिक मानसिक परिस्थिति या अन्य कारण एक जैसे नहीं हो सकते।

इसलिए यदि कहीं उस प्रतीक का वर्णन दुखद लिखा है या अत्यंत सौभाग्य सूचक लिखा है तो बिना भली भांति विश्लेषण किए उसे स्वीकार करके प्रसन्न या दुखी नहीं होना चाहिए। जैसा कि पहले बताया गया है कि अपने सपनों का सबसे अच्छा विश्लेषक आप से अच्छा कोई नहीं है। इस लिए सपनों की छोटी से छोटी बातों पर ध्यान देकर अपनी परिस्थितियों को ध्यान में रखते हुए उनका विश्लेषण करें। हां प्रतीकों के दिए फल आपको समस्या हल करनें में संकेतक हो सकतें हैं।

एक बात हमेशा ध्यान में रखनी चाहिए कि कार्य करने के तरीके या एक जगह से दूसरी जगह पहुँचने के रास्ते अलग अलग और कई हो सकते हैं पर मंजिल एक होती है।

एक धर्म ग्रन्थ का यह प्रसंग बहुत अच्छा है कि छत पर यदि दस पंद्रह छेद कर दिए जाएँ तो देखने में आयेगा कि फर्श पर सूरज की किरणें

अलग-अलग स्थान पर पड़ रही हैं पर यदि इनमें से किसी के जरिए उत्पत्ति का स्थान जानना चाहेंगे तो हर एक बिंदु सूरज को ही इंगित करेगा।

वैसे ही यदि आप ज्योतिषी के पास सपने हेतु जाएँगे तो वह राहू केतु की गणना कर फल बताएगा। गणितज्ञ के पास जाएगे तो वह गणित के आधार पर फल बताएगा और वैज्ञानिक या मनोवैज्ञानिक अपनी विचार के अनुसार या शोध के अनुसार फल का निष्कर्ष बताएगा परन्तु सबका उद्देश्य आप को फल का निष्कर्ष ही बताना होगा।

हम अपने यहाँ के विद्वानों पर उनकी विद्वता पर उतना ध्यान नहीं देते पर आज विश्व के अनेक शोधकर्ता हमारे ऋषियों के स्वप्न संबंधित विचार धारा से पूर्ण सहमत हैं।

शास्त्रों में वर्णित कुछ शुभ अशुभ फल वाले सपने

शुभ फल संकेतक सपने

चंद्रमा, सूर्य, तारे, राजा, राज महल, पर्वत, हाथी, घोड़ा, बैल, गाय स्वेत पुष्प वाले वृक्ष पर चढ़ना, साफ पानी से स्नान करना फलों का दान करना, श्वेत पुष्प माला धारण करना, संग्राम में विजय, जुए में जीत, देवता गुरू ब्राह्मण को प्रसन्न देखना निर्मल आकाश, बिष्ठा देखना। पक्षी देखना, साँप देखना, भंडारा देखना कबूतर देखना।

अशुभ फल संकेतक सपने

मस्तक का चूर्ण होना, मलिन वस्त्र धारण करना, पंक से सन जाना, वाराह, रीछ, खर और उष्ट्र के ऊपर आरोहण, ग्रहों का गिरना, गेरुआ वस्त्र धारण करना, दक्षिण दिशा में जाना, स्वर्ण आभूषण, उल्लू, गंदा पानी, गंदे पानी से नहाना, बिल्ली, व्यभिचार, उँचाई से गिरना, बारात देखना स्वप्न में अपना विवाह देखना, सूर्यास्त होते देखना, सिर पर कौवे का बैठना देखना, लाला वस्त्र पहने काली स्त्री, उपले, सूखी लकडी, कनेर, शीशम, खैर के पेड़ जल मुर्गी, काला कौवा, काँसा, तांबा पीतल, कूडा करकट, कांटेदार झाड़ियां आदि।

जब कभी आप बुरे या भयानक सपने देखते हैं तो परेशान हो जाते हैं पर इन्हें लेकर न परेशान होने की जरूरत है और न कहीं जाने की। मैं यह इसलिए कह रहा हूँ कि सपने फलदाता नहीं हैं। फल तो विधाता के हाथ है और वह भी आपके द्वारा ही किए गये कर्मों के अनुसार। स्वप्न तो आपको आगाह करते हैं। दुखद परिस्थितियों से उबारने की कोशिश करते हैं।

स्वप्न फल की अवधि

धार्मिक ग्रंथों के अनुसार प्रथम प्रहर में देखें गये स्वप्न एक साल में, दूसरे पहर के सपनों का फल छः महीने में, तीसरे प्रहर में देखें सपनों का फल तीन महीने में तथा चौथे प्रहर में देखें सपनों का फल एक महीने में तथा सूर्योदय के पहले देखें गये सपनों का फल दस दिन के अंदर मिल जाता है।

स्वप्नों की व्याख्या

स्वप्न का प्रतीक स्वप्न की भाषा है। इसका अलग अलग विश्लेषण हो सकता है क्योंकि एक प्रतीक सभी स्वप्न दृष्टा के लिए एक जैसा नहीं हो सकता। एक प्रतीक किसी के लिये शुभ हो सकता है तो दूसरे के लिए अशुभ। अतः सपनों की व्याख्या के पहले आप इन बिन्दुओं पर ध्यान अवश्य दें –

1- अपने स्वप्न को विस्तार पूर्वक नोट कर लें।

2 - इसको सुनिश्चित कर लें कि आप स्वप्न से पहले, स्वप्न की अवधि में तथा उसके बाद कैसा महसूस कर रहे हैं।

3- पुनरावृत्ति वाले सपनों की अच्छी पहचान कर ले और आपके जीवन में दिन प्रतिदिन क्या चल रहा है उसे भी ध्यान में रखें।

4- स्वप्न के सभी तत्वों एवं पहलुओं पर विचार करें

5-आप खुद को सपनों का अनुभवी मान कर चलें। आपसे अच्छा अनुभवी कोई दूसरा नहीं।

6 -ध्यान रहे कि सपनों के प्रतीक बहुत व्यक्ति गत होते हैं।

कुछ सपनों का विश्लेषण

आप से अच्छा विश्लेषक कोई और नहीं क्योंकि विश्लेषक को अपने सपने बताने में बहुत सी बातें नजरअंदाज़ हो सकती है फिर हो सकता है कि आप अपनी परिस्थितियों को भली भांति न बता सकें। यहाँ कुछ सपनों को केवल आप के संकेत हेतु दे रहा हूँ –

गिरने का सपना - हर उम्र के लोग ऐसे सपने देखते हैं। सही व्याख्या तो पूरे सपने को जानने के बाद ही हो सकती है पर संकेत रूप में कहा जा सकता है कि कुछ चीजें आपके जीवन में सही नहीं चल रही हैं। यह भय को प्रदर्शित करता है। हो सकता है नेतृत्व में आप कमजोर हैं या ज्यादा निराशा के शिकार हो चुके हैं। अपने भावनाओं पर ध्यान दे कर निराशा से बचें।

पीछा किया जाना - इसका एक मतलब यह हो सकता है कि आप रोज मर्रा की जिंदगी में किसी चीज़ को टालना या पीछा छुडाना चाहते हैं। संभव है अपने डर या इच्छाओं से भागने की कोशिश हो या किसी समस्या का समाधान न मिलने के कारण मन में अशांति और चिंता हो। समस्या को समझ कर निदान की कोशिश करनी चाहिए।

दांत का गिरना - इसके कई मायने हो सकते हैं। हो सकता है आप अपनी सुन्दरता के प्रति चिंतित हों। यह भी हो सकता है कि आप वार्तालाप में कमजोर हों या कुछ ऐसी बात हो गई हो जिससे आप शर्मिंदा हो। हो सकता है कि अपना बचाव सही ढ़ंग से न कर पा रहे हों या क्षमता में कमी महसूस कर रहे हों। किसी परिवर्तन को लेकर भी परेशान हो सकते हैं। इसे धन हानि से भी जोड़ कर देखा जाता है।

परीक्षा में अनुत्तीर्ण - जीवन की समस्या सुलझाने में अपने को पूरी तरह तैयार न पाना। यह चेतावनी हो सकती है। परीक्षा का वास्तविक भय भी हो सकता है।

मोर देखना - शुभ माना जाता है। आने वाली खुशियों का संकेत है परन्तु जमीन पर बैठा मोर अशुभ माना जाता है यह बीमारी का संकेत हो सकता है। नौकरी में व्यवधान पड़ सकता है।

कुछ प्रतीकों के फल

प्रतीक		फल
स्नान (स्वच्छ जल)	:	सफलता संपन्नता
सेव	:	व्यापार में सफलता
घंटिया	:	शुभ संकेत
भोजन	:	स्वास्थ्य अच्छा होना
बच्चियाँ	:	प्यार पाना
साफ पानी	:	आन्तरिक शांति
घोड़े पर चढ़ना	:	व्यापार में वृद्धि ज्यादा स्वतंत्र होना
घर में चोर देखना	:	असुरक्षित महसूस करना
कुत्ता पीछा करे	:	धन की समस्या, जिम्मेदारियों से भागना
आग	:	क्रोध एवं विनाश का प्रतीक
उड़ना	:	शक्तिशाली बनना, स्वतंत्र होना
किताब पढ़ना	:	ज्ञान की इच्छा, नयी जानकारी
ऊँचा कूदना	:	ज्यादा स्वतंत्रता
कड़वी दवा लेना	:	आगामी समय मुश्किलों भरा होना

पहाड़ पर चढ़ना	:	संघर्ष से सफलता
फलों का बगीचा	:	विचार सफल होना, शांति
दरवाजा	:	नये क्षेत्र में प्रवेश
बंद दरवाजा	:	समस्या न सुलझा पाना
लोगों को एकत्रित देखना	:	समस्या समाधान की सोचना
बच्चे का रोना देखना	:	असफलता, निराशा
खिलौना	:	संतान सुख
झाड़ू	:	आर्थिक संकट
अंगूर	:	समृद्धि, अच्छा मौका
मंदिर	:	अध्यात्मिक उचाई की तरफ बढ़ना
सूखे ताल, मृत पशु	:	विभीषिका
पक्षी	:	वासनाओं से मुक्ति
बिल्ली	:	कपट, विश्वास घात
दुर्घटना	:	निजी कठिनाइयों से घिरा
पाताल	:	भयंकर मुसीबत
जहाज देखना	:	दूर की यात्रा हो
सुर्य को देखना	:	किसी महात्मा के दर्शन होना
बादल देखना	:	तरक्की हो
उँचे से गिरना	:	हानि हो, कष्ट होना
बाग फुलवारी देखना	:	खुशी प्राप्त हो
बारात देखना	:	रंज हो, स्त्री देखें तो दुख हो
पानी बरसता देखना	:	अनाज मन्दा
शरीर में बिष्ठा लेपन	:	काफी धन मिले
पानी पीना	:	व्यापार में लाभ होना
हरी सब्जियाँ देखना	:	प्रसन्नता प्राप्त हो
रोते देखना	:	प्रसन्नता मिले
जुआ खेलना	:	व्यापार में लाभ हो

चन्द्रमा देखना	:	प्रतिष्ठा प्राप्त होना
नदी में तैरता देखना	:	कष्ट दूर हो
सीढियाँ चढ़ना	:	उन्नति, रुकावटें समाप्त होना
गुलदस्ता	:	परिश्रम सफल होना
इमारत	:	व्यक्तित्व का प्रतीक
पिंजरा	:	बंधन एवं रुकावट का प्रतीक
सूर्योदय	:	नये आशा का प्रतीक
इन्जन	:	भावनात्मक परिस्थितियों का प्रतीक
गंदगी देखना	:	धन लाभ
रसीले फल देखना या खाना	:	बहुत शुभ

किस किस प्रकार के सपने आते हैं?

सपने तो हर व्यक्ति देखता है। शायद ही ऐसा कोई व्यक्ति हो जो सपने न देखता हो। सपने जागृत अवस्था में भी देखें जाते हैं और निद्रा अवस्था में भी। चौंकिए नहीं हमारी कल्पनायें आकांक्षायें इच्छायें सभी तो भविष्य के सपने ही तो हैं।

घर गृहस्थी बसाना, उन्नति की सोचना, अच्छे भविष्य की कल्पना करना आदि जागृत सपने ही तो हैं। जागृत अवस्था और स्वप्नावस्था में फर्क इतना ही है कि जागृत अवस्था में हमें अपने इस शरीर की पूरी याद बनीं रहती है परन्तु जब हम बिस्तर पर जाकर निद्रा अवस्था में पहुँच जाते हैं तो हम इस शरीर को पूरी तरह भूल जाते हैं फिर भी सारे कार्य उसी प्रकार स्वप्न में किसी दूसरे शरीरके माध्यम से होते रहते हैं।

हम किसी दूसरे देश का भ्रमण कर लेते हैं। बहुत से ऐसे कार्य निपटा लेते हैं जो जागृत में सम्भव नहीं हो पाते। ऐसा जिससे सम्भव हो

पाता है उसे हम मन की "चेतना" कहते हैं। जिस किसी की चेतना जितनी जागृत होती है उसके स्वप्न भी उसी प्रकार के हो सकते हैं।

शोधकर्ताओं ने अनेक लोगों के स्वप्नों के आधार पर विभिन्न सपनों का विश्लेषण किया है। उनके अनुसार ज्यादातर देखें जाने वाले सपने इस प्रकार हैं –

1 - स्कूल, टीचर, पढ़ने लिखने के सपने

2 - किसी के द्वारा पीछा किया जाना

3 - गिरने के सपने (किसी ऊँचाई से)

4 - कामनाओं के सपने (शारीरिक इच्छाओं की भूख)

5 - जीवित व्यक्ति की मृत्यु

6 - मृत्यु व्यक्ति का जिन्दा हो जाना

7 - आसमान में उड़ना

8 - परीक्षा में अनुत्तीर्ण होना

9 - गिरने के कगार पर पहुँचना

10 - तैरना

11 - स्वादिष्ट व्यंजन

12 - ठंडसे या डर से काँपना

13 - वाहन पर कंट्रोल खो देना

14 - दिया हुआ कार्य निपटाना

15 - किसी अपने से बिछुड़ जाना

16 - पहाड़ या किसी ऊँचाई पर चढ़ना

17- दाँत का टूटना

18 - स्नान करना

19 - विष्ठा देखना

20 - साँप देखना या साँप का काटना

21 - बंदी बना लिया जाना

22 - यात्रा पर जाना

23 - ट्रेन या बस का छूटना

24 - कार चलाना

25 - धर्म स्थलों में जाना या देवी देवताओं के सपने

26 - कीचड़ में फिसल जाना

27 - चोर का घर में घुसना या चोरी।

28 - रूपये पैसे को देखना

29 - बाढ़ देखना

30 - आग का देखना

ऐसे ही करीब 55 सपनों को शोधकर्ताओं ने लिया जो सारी दुनिया के देखें जाते हैं। कई वैज्ञानिक और शोधकर्ता भी मानते हैं कि स्वप्नों का अपना एक अलग महत्व है। हर व्यक्ति की परिस्थितियां भिन्न होती हैं मानसिकता भिन्न होती है जिसकी वजह से सपनों के संकेत और फल भिन्न हो सकते हैं।

कामुक व्यक्ति हो सकता है कामुकता वाले सपने ज्यादा देखें। यह भी संभव है कि एक धार्मिक व्यक्ति मंदिर देवी देवता या भगवान संबंधी सपना ज्यादा देखें। एक भूखा व्यक्ति हो सकता है भोजन के सपने देखें?

इसी प्रकार परीक्षा के समय क्षात्र परीक्षा संबंधी सपने कुछ ज्यादा देख सकता है।एक व्यापारी को व्यापार संबंधी सपने आते होंगे।

सपनों के औचित्य को न तो पूर्ण रूप से नकारा जा सकता है और न यह ही कहा जा सकता है कि किसी विशेष सपने का फल हर एक के लिए

एक जैसा ही होगा। कुछ सपने पूरे विश्व में एक जैसा देखें जाते हैं फिर भी इनका विश्लेषण प्रत्येक व्यक्ति के लिए अलग-अलग करना होगा।

वैज्ञानिक, शोधकर्ता, मनो चिकित्सक भी यह मानते हैं कि मनुष्य जीवन में सपनों की उपयोगिता को खारिज नहीं किया जा सकता। सपने हमारे लिए अत्यंत उपयोगी हैं। मन में दबी इच्छाओं की संतुष्टि इनसे मिल जाती है। स्वस्थ रहने में सपनों का बहुत योगदान होता है। सपने तनाव को कम करते हैं। कुछ शोधकर्ताओं का तो यह मानना है कि शरीर और मस्तिष्क को पुनः ऊर्जावान बनाने हेतु स्वप्न बहुत जरूरी हैं। हमारी मानसिक चिंताओं, तनाव,घबराहट आदि को कम करने में भी सपने बहुत सहायक होते हैं।

कई समस्याओं जिनका हल हम जागृत अवस्था में नहीं कर पाते उनका भी हल कभी कभी सपनों के माध्यम से आसानी से हो जाता है। कई महान लेखक, कवि, नाटक कार, इन्जीनियर आदि सपनों की प्रेरणा से महान बनें या अपनी समस्याओं का समाधान पाया।

बताते हैं कि एक इन्जीनियर महोदय को किसी नदी पर पुल का निर्माण करना था। जहाँ पुल बनना था वहाँ धारा बहुत तेज थी और उनके छोटे मोटे प्रयास सफल नहीं हो पा रहे थे। सीधे तौर पर खड़े किए जा रहे पिलर नदी की धारा के कटान में सफल नहीं हो पा रहे थे।

एक रात उन्हें स्वप्न में औरत की जूती दिखाई दी। सपना याद रहा। गहराई से औरत की जूती पर विचार करने के बाद उन्हे यह विचार आया कि खम्भों को थोड़ा तिरछा और एक साइड में नुकीला बनाया जाना चाहिए। उन्होंने वैसा ही किया और सफल रहे।

शेक्सपियर एक महान साहित्यकार थे। उनके नाटकों में सपनों की विशेष भूमिका रही है ऐसा बहुत लोगों का मानना है। जुलियस सीज़र का

सपनों पर बहुत विश्वास था। उनका मानना था कि उन्हें बहुत सी प्रेरणाये स्वप्न के जरिए प्राप्त हुई।

महान गणितज्ञ रामानुजन जी ने सपनों के माध्यम से कई गणित के सूत्रों का हल पाया।

इसी तरह का विचार वैज्ञानिक आईस्टीन का भी है जिन्हे स्वप्न के जरिए जटिल समीकरण का हल मिला था। उनका कथन है - विज्ञान और गणित के आधार से यह सिद्ध किया जा सकता है की यह दृश्य संसार स्वप्न के अतिरिक्त कुछ भी नहीं है।

प्रसिद्ध दार्शनिक हिप्पोक्रेट्स का कथन था कि आत्मा निद्रा में शरीर से अलग होकर विचरण करती है।

नोवेल पुरस्कार पाने वाले डाक्टर पाउलिन के अनुसार उन्हें अनेक वैज्ञानिक विचारों की प्रेरणा स्वप्न से ही मिली थी।

गीता में भगवान श्री कृष्ण कहते हैं कि मरते समय मनुष्य की जो मनःस्थिति होती है वही उसके अगले जन्म का आधार होता है। इसका अर्थ यह हुआ कि मनुष्य की मृत्यु के बाद भी हमारा संस्कार आत्मा के साथ होता है। हमारे संस्कार संचित रहते हैं।

हाल ही में मैंने देखा कि एक डेढ़ साल की अबोध बच्ची अपनी माँ के मुँह में रोटी खिलाने का प्रयास कर रही थी।आखिर यह ज्ञान कहाँ से आया। निश्चित रूप से यह पूर्व जन्म का संस्कार होगा। ऐसे ही गोदी में लिया अबोध बच्चा नित्य क्रिया के समय गोदी में न रहकर नीचे उतरने के लिए छटपटाने या रोने लगता है।

जैसे कभी-कभी पानी में बुलबुले उठते हैं और सतह पर आ जाते हैं उसी प्रकार हमारे संस्कार कभी-कभी प्रकट हो जाते हैं। कभी-कभी हम सपने में ऐसी जगह या ऐसे कार्य करते दीखते है जिसका कि इस जीवन से

कोई संबंध नहीं है या अपने जीवन काल में ऐसा कोई अनुभव नहीं किया परन्तु इसे मन में संचित भंडार के रूप में देखा जा सकता है। यह अतीत जीवन के अनुभव एवं विचार ही हैं जो स्वप्न रूप में प्रकट हो गये।

जैसे कोई व्यक्ति अपने को हवा में उड़ते हुए देखता है तो इसे कपोल कल्पना मानकर नहीं छोड़ा जा सकता है। यद्यपि इस जीवन में हमें उड़ने का कोई अनुभव नहीं है परन्तु अतीत में हम पाइलट के रूप में, देव रूप या अन्य किसी रूप में उड़े अवश्य होंगे।

यह भी संभव है कि आप आजादी चाहते हो अपनी जिम्मेदारियों से या किसी अन्य चीज से या जीवन की सच्चाइयों से आप भागना चाहते हों तथा छुटकारा पाना चाहते हों या ऊँची ऊँचाइयों के पाने की मन में उत्कृष्ट अभिलाषा हो। स्वयं के विश्लेषण से आप इस सपने का सही अर्थ समझ सकते हैं।

ऊपर उन स्वप्नों को बताया गया है जो आम तौर पर देखें जाते हैं। सपने कभी सांकेतिक या प्रतीकात्मक रूप में आते हैं तो कभी कभी सीधे रूप में। प्रतीकों वाले सपनों का विश्लेषण बहुत मुश्किल नहीं है आप स्वयं सबसे अच्छे विश्लेषक बन सकते हैं क्योंकि आप अपनी मानसिक, आर्थिक आदि परिस्थितियों को जितना अच्छा जानते हैं दूसरा कोई नहीं जान सकता?

एक उदाहरण लेते हैं किसी ने स्वप्न में घोड़ा देखा। स्वप्न फल बताने वाले ने कह दिया घोड़ा देखना बहुत शुभ है पर ऐसा फल कहना क्या उचित कहा जाएगा? इसके लिए तो पूर्ण विवरण जैसे घोड़ा किस रंग का है किस स्थिति में है, आस पास के दृश्य कैसे हैं? स्वप्न दृष्टा की मनोस्थिति कैसी है आदि का गहन अध्ययन करने के बाद ही फल का आंकलन उचित रहेगा और हर किसी के लिए इसका फल एक जैसा नहीं हो सकता है।

सपनों के प्रतीक एवं व्याख्या

कई प्रतीकों का वर्णन तो ऊपर आ चुका है । प्रतीक के रूप में मनुष्य, बच्चे, जानवर, पक्षी वस्तु, स्थान, मंदिर तालाब कुछ भी आ सकता है । स्वप्न दृष्टा खुद स्वप्न के फल का सबसे अच्छा विश्लेषक है । सपने के पहले, सपने के समय और सपने के बाद आप स्वयं कैसा महसूस कर रहे थे इसका ब्योरा भी दे । जो सपने या विचार बार बार आ रहे हो उनकी पहचान भली भांति कर लें क्योंकि ऐसे सपने किसी विशेष कारणों से आते हैं और कोई विशेष संकेत देना चाहते हैं जिससे आप आने वाली कठिनाइयों से निपट सकें ।

एक छोटा सा उदाहरण लेते हैं । एक महिला ने सपने में देखा कि उसकी खोई हुई तीन घड़ियाँ मिल गई हैं जिसमें दो बंद हैं और एक बिल्कुल चालू हालत में है । यह उसको सबसे ज्यादा पसंद थी अब इसके विश्लेषण हेतु महिला की परिस्थितियों को लेते हैं । शारीरिक रूप की कोई परेशानी नहीं । महिला शादी शुदा है और पहले नौकरी भी करती थी । पहली नौकरी आफिस के वातावरण की वजह से और दूसरी बच्चे के जन्म की वजह से छोड़नी पड़ी । पैसे की कोई दिक्कत नहीं ।

घड़ी समय का संकेतक है । दो घड़ियाँ बंद है, एक चालू है । हो सकता है महिला के मन में नौकरी या ऐसी कोई भावना हो जो पूर्ण नहीं हो पाई पर कोशिश करे तो सफलता मिल सकती है । यह प्रतीक एवं उसके विश्लेषण के लिए एक संकेत मात्र है । यह भविष्य के किसी अच्छे परिवर्तन का संकेत भी हो सकता है ।

कुछ रोमांचक व रोमांटिक सपने केवल आपके मानसिक तनाव को दूर करने हेतु आते हैं। इसीलिए जब आप स्वप्न देखकर उठते हैं तो आप अपनें को तरोताजा महसूस करते हैं भले ही आप उठने के बाद उन्हे भूल गये हो।

कुछ सपने आपको स्वप्नावस्था से बाहर लाने के लिए आ सकते हैं। यह साधारण सपने भी हो सकते हैं और डरावने या भयावह भी परन्तु इनका औचित्य यहीं होता है कि आप जागृत अवस्था में आ जाये। जैसे सपने में दिखाई पड़ा कि घर में चोर घुस गया हो और आप की नींद एकाएक टूट जाय।

अक्सर ऐसे सपने छोटी मोटी परेशानियों के निराकरण हेतु भी आ सकते हैं जैसे आपको प्यास लगी है या टायलेट जाना है या फिर कुछ छोटी भूल कर दी है जैसे पानी का नल ठीक से बंद करना भूल गये हो आदि। ऐसे सपने ज्यादा तर मध्य रात्रि तक आते हैं। यह मेरा व्यक्तिगत अनुभव है।

कुछ सपने सचेतक होते हैं जैसे आप गाड़ी चला रहे है। गाड़ी फिसलती हुई नजर आ रही है परन्तु आप कंट्रोल कर लेते हैं। स्वप्न में आप तेज रफ्तार से गाड़ी चला रहें हैं एकाएक कोई सामने आ जाता है परन्तु आप एक्सीडेंट बचा लेते हैं। ऐसे सपने लापरवाही को तरफ इंगित करते हैं। इन्हें ऐसे ही टाल नहीं देना चाहिए। भविष्य में सावधानी एवं सतर्कता बरतने की आवश्यकता है।

कुछ सपने भविष्य में घटने वाली घटनाओं पर विशेष ध्यान देने की ओर संकेत करते हैं। ऐसे सपने बार बार आ सकते हैं। ये सपने ज्यादातर सांकेतिक और चेतावनी भरे सपने होते हैं इन सपनों पर विशेष ध्यान देने की आवश्यकता है। कुछ सपने आप के पिछले जन्म के संस्कारो या प्रवृत्ति कै आधार पर आ सकते हैं जो आपके अचेतन मन में रहते है।

कुछ सटीक सपने

स्वप्न में साँप देखना

साँप का सपना बहुत लोग देखते हैं किसी को साँप काट लेता है तो किसी को रेंगते हुए या बिल में आते-जाते दिखलाई पड़ता है। स्वप्न में साँप का देखा जाना कुछ लोगों के हिसाब से शुभ फलदायक है इसके पीछे उनका तर्क होता है कि साँप भगवान शिव के गले की शोभा बढ़ाता है इसलिए शुभ फल दायी है वही कुछ लोग आस्तीन के साँप वाले कहावत के हिसाब से इसे अशुभ फल देने वाला मानते हैं। कुछ का मत है कि साँप जीवन शक्ति का प्रतीक है तो वही कुछ लोंगो के विचार कै अनुसार साँप के सपने यौन क्रिया को इंगित करते हैं।

साँप के स्वप्न का उल्लेख यहाँ मैंने इस लिए किया कि इसका सपना मुझे बार बार आया है। साँप काटने का सपना तो एकाध बार आया परन्तु साँप अनेकों बार दिखाई पड़े। इसे मैं अपना एक आजमाया सपना कह सकता हूँ। यह सपना मुझे जब जब दिखाई पड़ा मुझे दस से पंद्रह दिन के भीतर ही कुछ न कुछ धन की प्राप्ति अवश्य हुई है।

दूसरी बात यदि यह सपना किसी बीमारी के समय दिखलायी पड़ा तो बीमारी अवश्य दूर हुईहै। एक बार मुझे टाइफायड हो गया था जो लम्बा खिच गया। इस बीच मुझे सपने में कई बार ऐसा लगा कि साँप सीढ़ियों से उतर कर मेरी चारपाई के पास आ रहा है। मैं जल्द ही स्वस्थ हो गया।

अतः साँप के सपनों के फल के विषय में मैं निश्चय पूर्वक कह सकता हूँ कि इनका फल मेरे लिये बहुत शुभ है। आप को साँप के सपने का फल ऐसा ही होगा कुछ निश्चित रूप से कहा नहीं जा सकता?

स्वप्न में ट्रेन का छूटना

मुझे स्वप्न में ट्रेन छूटने के सपने बार बार आये हैं। कुछ सपने जो मैं डायरी में नोट कर लिया था उसे बताकर फिर इस तरह के सपनों का फल स्वयं के अनुभव के हिसाब से लिखूँगा।

- एक बार 5 -6 बजे सुबह के बीच मैंने देखा कि दिल्ली से पहले किसी स्टेशन पर मैं यार्ड में ही जाकर डिब्बे में बैठ जाता हूँ। ट्रेन के प्लेटफार्म पर आने के बाद मैं उतर कर प्लेटफार्म पर टहलने लगता हूँ। मेरे साथ एक रिश्तेदार की लड़की थी जो डिब्बे में बैठी रही। एकाएक ट्रेन चल पड़ती है किसी प्रकार ट्रेन तो पकड़ लेता हूँ पर मेरा पाँव डिब्बे से बाहर है। यह सोचकर कि कहीं मेरा पाँव कट जाता तो? घबराहट में मेरी नींद खुल जाती है।

- मैं किसी रेलवे स्टेशन पर खडा हूँ। ट्रेन आकर रुकती है और मैं अपने को इंजन के पास खड़ा पाता हूँ। इंजन डीजल वाला है। आगे कुछ याद नहीं।

- किसी रेलवे स्टेशन पर टेम्पो से आया। साथ में कोई मित्र भी है। ट्रेन आती है उनका सामान मैं चढ़ा देता हूँ। मुझे कुछ दूरी पर सोने की कोई वस्तु एवं एक अलार्म घड़ी दिखती है। मैं जाकर उठा लेता हूँ परन्तु ट्रेन चल पड़ती है। भागते दौडते किसी तरह ट्रेन पकड़ लेता हूँ।

- किसी जंक्शन पर प्लेट फार्म पर खड़ा हूँ। ट्रेन आती है और छूट जाती है। ट्रेन जाने के बाद एहसास होता है कि ट्रेन छूट गई परन्तु सोचता हूँ कोई बात नहीं दूसरी ट्रेन थोड़ी देर बाद पकड़ लूँगा।

● मैं प्लेटफार्म पर हूँ। टिकट नहीं ले पाया हूँ। एक टी-टी दिखाई देता है उससे टिकट बना देने का निवेदन करता हूँ। वह टिकट बना देता है पर ट्रेन चल पड़ती है। वही टी-टी मुझे देखकर ट्रेन रुकवा देता है। भागकर ट्रेन पकड़ने की कोशिश करता हूँ पर नींद घबराहट में खुल जाती है। पता नहीं ट्रेन पकड़ पाया या नहीं?

उपरोक्त सपने चूँकि डायरी में नोट थे और बार बार कुछ परिवर्तन के साथ आये थे इसलिए इनका बारीकी से अपने साथ उस समय की घटी घटनाओं के साथ मिलान करता गया। उस समय मैं आर्थिक पारिवारिक मानसिक हर तरह की परेशानियां झेल रहा था। मुझे व्यापार में भी बदलाव करना पड़ा था। साल दो साल में दूसरा भी व्यापार मजबूरन बंद करना पड़ा था और बाद में नौकरी भी करनी पड़ी थी। बनारस स्टेट बैंक में मेरा एकाउंट और एफ डी थे। उसी समय बैंक बंद हो गया जिससे भयंकर आर्थिक परेशानी का सामना करना पड़ा और काफी नुकसान भी उठाना पड़ा।

इन सबके आधार पर मैं यह कह सकता हूँ कि जब आपके समक्ष नौकरी या व्यापार के क्षेत्र में आपके कड़ी मेंहनत के बावजूद परेशानियां बढ़ती रहें तो ऐसे सपने जिसमें ट्रेन या बस छूट जाय, अक्सर दिखाई पड़ सकते हैं।

ऐसे सपने पारिवारिक कलह या असहयोग की स्थिति में भी आ सकते हैं। कुल मिलाकर पैसे परिवार या नौकरी व्यवसाय में परेशानियों का दौर चल रहा हो और आप परिवर्तन हेतु बाध्य हो जाये तो ऐसे सपने तब तक दिखाई पड़ सकते है जब तक कि स्थिति में थोडी स्थिरता न आ जाय। ट्रेन पकड़ लेना या मन में यह इत्मीनान होना कि एक ट्रेन छूट गई तो कोई

बात नहीं दूसरी पकड़ लूँगा यह दर्शाता है कि परिस्थितियाँ भले ही विपरीत हो पर कुछ सफलता अवश्य मिल जाएगी।

भाग दौड़ के बाद यदि ट्रेन या बस में किसी प्रकार चढ़ जाते हैं तो यह कठिन परिश्रम के बाद सफलता का द्योतक है। कुछ परिवर्तन के बाद सफलता और स्थिरता अवश्य हाथ लगेगी ऐसा सोचा जा सकता है। इस सपने को स्थान परिवर्तन के रूप में भी देख सकते हैं।

इन सपनों में एक बार जो टी-टी से टिकट बनवाने का था वह सत्य साबित हुआ। पिता जी की अचानक बिमारी का समाचार पाकर मैं तुरंत बनारस के लिए परिवार को लेकर चल पड़ा। लखनऊ स्टेशन पर ज्यों पहुँचा ट्रेन प्लेटफार्म पर खडी थी। जल्दी से बिना टिकट लिए प्लेट फार्म पर आया तो सामने टी-टी महोदय खड़े थे। मैंने कहा विशेष मजबूरी बस बनारस जाना है पर टिकट नहीं खरीद पाया।

टी टी ने कहा कि कोई बात नहीं बेटा तुम परिवार के साथ हो तुम्हें जरूर ले चलूँगा। जल्दी से चढ़ जाओं ट्रेन छूटने वाली है। पत्नी को चढ़ाकर मैं चढ़ने लगा तो ट्रेन रेंगने लगी थी। टी-टी की कृपा से एक बर्थ मिल गई। आभारी हूँ उस सज्जन का जिसकी वजह से परेशानी से बच गया।

इक्के (ताँगे) की सवारी

इक्के पर किसी को बैठकर जाते देखने वाला सपना जब भी मुझे दिखाई पड़ा है एक हफ्ते के भीतर ही या तो बैठकर जाने वाले की मृत्यु हुई है या किसी अपने परिचित की मृत्यु अवश्य हुई है। ऐसी दो घटनायें मेरे साथ घट चुकी हैं। किस दिशा में इक्का गया एक सपने में तो पता नहीं पर दूसरे सपने में इक्का दक्षिण दिशा की ओर गया। घोड़ा दोनों बार भूरे रंग के औसत कद के थे। सभी के साथ इस सपने का फल ऐसा ही होगा मैं नहीं

कह सकता? यह मेरा व्यक्तिगत अनुभव है। हो सकता है दूसरे के साथ इसका फल शुभ भी हो।

स्वप्न में चलना (Night Mare)

कुछ स्वप्न ऐसे भी आते हैं जिसमें स्वप्न दृष्टा नींद में ही बिस्तर से उठकर चल पड़ता है और उसी तरह कार्य करके पुनः लौटकर सो जाता है, जिस तरह वह जागृत अवस्था में वास्तविक रूप से काम करता है। स्वप्न में चलना सपने का प्रयोगात्मक रूप (practical version) है। जो व्यक्ति ज्यादा भावुक होते हैं उनके साथ ऐसी स्थिति ज्यादातर देखी जाती है। ऐसे लोग नींद में चलते हुए दूसरोंको ज्यादा नुकसान पहुँचा सकते हैं। यहाँ तक कि जघन्य अपराध, किसी को मार डालना, किसी पर आक्रमण कर देना, छूरेबाजी आदि घटनायें भी कर डालते हैं। ऐसे सपने भय चिंता घबराहट बढ़ाने वाले होते हैं और बच्चों से बड़ो तक किसी को भी आ सकते हैं। इन सपनों से दवाव,तनाव, भय आदि की वृद्धि हो सकती है। भावुकता और बीमारियों में भी वृद्धि हो सकती है।

शोध के परिणाम

Calvin S. Hall का मानना है कि सकारात्मक सपनों के बजाय नकारात्मक सपने या चिन्ता या घबराहट बढ़ाने वाले सपने ज्यादा तर देखें जाते हैं। उन्होंने 50000 कालेज छात्रों के ऊपर किए गये चालीस वर्षों के शोध के आधार पर यह निष्कर्ष निकाला। Mr Halls के एक शिष्य ने सन 1990 में इसे प्रकाशित किया। शोधकर्ताओं ने अपने शोध में यह भी पाया कि जिनको सपना नहीं देखने दिया गया उनमें चिंता,, घबराहट, टेन्शन बढ़

गया। उनकी एकाग्रता में कमी आ गई। उनके वजन में बढोतरी हुई और सहयोग में कमी आई। स्वप्न पर शोध कार्य निरंतर हो रहें हैं। पहले कुछ शोध शारीरिक स्तर पर किए गये फिर मानसिक स्तर पर। चिकित्सकों के अनुसार बुरे सपनों का कारण शारीरिक अस्वस्थता, साँस की परेशानी, मस्तिष्क में आक्सीजन की कमी का होना था।

मनोचिकित्सकों के अनुसार जागृत अवस्था में घटी घटनाओं का प्रभाव मानव मस्तिष्क पर पड़ता है जिससे अनेक इच्छा और विचारों का जन्म होता है। अपूर्ण प्रसंग स्वप्नों के रूप में अभिव्यक्त होते हैं। मनोवैज्ञानिकों के अनुसार नौकरी छूटना, व्यापार में घाटा, परिवार में किसी की मृत्यु आदि मानसिक तनाव बार बार सपनों में परिलक्षित होते हैं। अनुसंधान से यह भी पता चला है कि सपने के समय बाहरी उत्तेजनात्मक सामग्रियों का भी प्रभाव पड़ता है। स्वप्न के समय जिनको उत्तेजक पदार्थ रूप में गुलाब के फूलों की महक मिली उनमें सकारात्मकता दिखी और जिसे सड़े अंडों की सुगंध मिली उनके भाव नकारात्मक थे।

क्या सपने सच होते हैं?

आपने पीछे पढ़ा कि मशाल को यदि घुमाया जाय तो अग्नि की तरह की आकृतियाँ दिखाई देती है और घुमाना बंद कर दिया जाय तो स्वतः बंद हो जाती हैं। ये मशालें न कहीं से निकलती हैं न लीन होती हैं और न ही उनका कहीं आना जाना होता है। उसकी प्रतीत केवल मशाल के स्पंदन का फल है।

अब इन अग्नि की आकृतियों को क्या माना जाय? आँखों के सामने तो ये सत्य लगती हैं पर वास्तविकता में हैं नहीं। स्वप्न भी देखते समय वास्तविक लगते हैं परन्तु जगने के बाद सब गायब हो जाता है। ट्रेन में जब

हम बैठे होते हैं खिड़की के बाहर जितने दृश्य मकान पेड़ पौधे सभी भागते दिखाई पड़ते हैं जब कि वे अपनी जगह स्थिर हैं और ट्रेन चल रही है बिपरीत दिशा की गाड़ी को देखकर ऐसा लगता है कि अपनी गाड़ी रुकी है और वह चल रही है। कुछ लोग सपनों को भी ऐसे ही भ्रम की निगाह से देखते हैं और मानते हैं कि सपने कल्पित होते हैं इनका वास्तविकता से कुछ लेना-देना नहीं।

प्रसिद्ध दार्शनिक रेने विसकार्ते का कथन है कि निद्रा अवस्था में जो कुछ सपने देखें जाते हैं वह एक निश्चित विचार, चिंतन, मनन का परिणाम है। महान विचारक लाक का मानना है कि जब शरीर सोता है तब आत्मा विचार निमग्न होती है।

महान चिंतक अरस्तू के अनुसार सपने भूत भविष्य के निर्धारक होते हैं।

गीता के अनुसार जीवकर्ता नहीं है। परमेश्वर परम आत्मा के रूप में प्रत्येक जीव के हृदय में स्थित है और उन्हीं के कारण सारे कर्म प्रेरित हैं और वही कर्मों का साक्षी भी है। जीव अपने विगत की बातों को याद नहीं रखता परन्तु परमेश्वर द्वारा जो जन्म उसे प्राप्त होता है वह जीव के मृत्यु के समय की इच्छानुसार तथा किए कर्मानुसार मिलता है जिससे कि वह अपने अधूरे कार्य को पूरा कर सके।

ईश्वर इसके लिए उसे आवश्यक ज्ञान एवं स्मृति प्रदान करता है। जीव सब कुछ भूला रहता है परन्तु ईश्वर उसे बुद्धि एवं प्रेरणा देते हैं जिससे वह पुनः अपने पूर्व जन्म के कार्य करने लगता है।

उपरोक्त कथनों के अनुसार स्वप्न मन के चारों आयाम यानी मनन (चिंतन) शक्ति, बुद्धि (इच्छा) शक्ति, अहंकार (आत्म चेतन), चित्त), का ही प्रतिफल हैं।

सपनों की वास्तविकता के लिए मनुष्य की मनोवृत्ति भी जानना बहुत जरूरी है क्योंकि मन के भावों का सपनों से सीधा संबंध अवश्य है। मनुष्य की तीन प्रकार की मनोवृत्ति होती है –

सतो गुण, रजो गुण एवं तमो गुण।

सतो गुण'

सतोगुणी मनुष्य अन्य बध्य जीवों से अधिक चतुर होता है। उसे भौतिक कष्ट उतना परेशान नहीं करते तथा उनमें भौतिक ज्ञान प्राप्त करने की सूझ होती है। सतोगुण में पाप कर्मों से मुक्त रहा जाता है। वैदिक साहित्य के अनुसार सतोगुण का अर्थ ही है अधिक ज्ञान तथा सुख का अधिकाधिक अनुभव।

जो सुखी होगा तथा अनुभवी होगा उसका मन न तो इधर उधर भागेगा और न ही वह चिंताओं उत्तेजनाओं में पड़कर परेशान होगा। उसका विचार अपने ध्येय पर केन्द्रित होगा।

इसके उदाहरण वैज्ञानिक तथा दार्शनिक हैं। उन्हें भौतिक सुख की अनुभूति होती है। सात्विक प्रवृत्ति के नाते इनका आचरण भी अच्छा रहता है।

छल कपट और आडम्बर पूर्ण जीवन न होने के कारण सतोगुण में सारी वस्तुयें सही रूप में दिखती हैं सुनाई पड़ती हैं और सही ढंग से उन वस्तुओं का स्वाद मिलता है। इनके सपने अक्सर सच होते हैं और उनपर इन्हें पूर्ण विश्वास होता है।

सत्य युग में सतोगुण प्रधान रहता है इसीलिए लोग चरित्रवान तथा सुखी रहते हैं। राजा हरिश्चंद्र ने सपने में देखी बातों पर पूर्ण विश्वास करते हुए राजपाट छोड़ दिया था। बहुतेरे वैज्ञानिक एवं दार्शनिक जो जागृत अवस्था

में किसी समस्या का हल नहीं ढूँढ पाए उन्हें स्वप्न के जरिये हल मिल गया ऐसे अनेक उदाहरण मिलते हैं।

रजोगुण

रजोगुण की उत्पत्ति असीम आकांक्षाओं तथा तृष्णाओं से होती है। ये आकाक्षायें उस समय अधिक बलवती हो जाती हैं जब पुरुष के साथ स्त्री रूपी पहिया जुड़ जाता है। जब इच्छाओं की वृद्धि होती है तो मनुष्य भौतिक भोग के लिए लालायित होता है और इन्द्रिय तृप्ति चाहता है। रजोगुणी व्यक्ति समाज में सम्मान, सुन्दर संतान, स्त्री, घर तथा सुखी परिवार चाहता है जिसके लिए उसे कठिन परिश्रम करना पड़ता है। संसार में रजो गुणियो की संख्या सर्वाधिक है।

वर्तमान में रजोगुण का मान्य सबसे ऊपर है। रजोगुणी सामाजिक कर्मो में भी रुचि रखते हैं। यथा संभव धन की प्राप्ति करके उसे उत्तम कामों में व्यय करते है जैसे अस्पताल, स्कूल बनवाना। सामाजिक कार्य हेतु दान देना आदि।

रजोगुण वालों में पहले से प्राप्त स्थिति से संतुष्टि कम ही देखी जाती है। इस लिए उन्नति हेतु सदा लालायित रहते हैं। यदि उन्हें मकान बनवाना है तो वे महल की कल्पना में लगे रहते ऐसे लोगों में लोभ की प्रवृत्ति बढ़ सकती है।

ऐसे लोगों को चिंता उलझन संबंधी, धन संबंधी, चोरी और घबराहट संबंधी सपने ज्यादा दिखलायी पड़ते हैं। कुछ सटीक समस्या से जुड़े सपने भी आ सकते हैं साथ ही यौन इच्छाओं की पूर्ति संबंधी सपने भी आ सकते हैं। इनके भी सपने कभी कभी सच होते देखें जाते हैं।

तमोगुण

अज्ञान से उत्पन्न तमोगुण समस्त जीवों का मोह है। इस गुण वाले लोगों में पागल पन (प्रमाद) आलस्य तथा नींद देखें जाते हैं। ऐसे गुण वालों की सबसे विचित्र बात यह होती है कि इनकी सोच सतोगुण से बिलकुल विपरीत होती है। ऐसे गुण वाले प्रगति के बजाय अधोगति को प्राप्त होते हैं।

अज्ञान के अंधेरे में बैठा मनुष्य किसी वस्तु को यथा रूप में नहीं समझ पाता कि कौन क्या है? इनमें सक्रियता में कमी पाई जाती है। धर्म के प्रति रुचि नहीं रहती। ये धन संग्रह में पागल बने रहते हैं। निराशा के गर्त में फंसा ऐसा व्यक्ति भौतिक द्रव्यों एवं निद्रा का व्यसनी बन जाता है। तमोगुणी के कर्तव्य न इनके हित का होता है न दूसरोंके लिए।

तमोगुणी की सोच ज्यादातर नकारात्मक होने की वजह से उसका विश्वास डिगा रहता है। जब वह सीधी बात को भी उल्टे तरीके से सोचता है तो सपने की विश्वसनीयता या सचाई पर उसे कहाँ भरोसा होने वाला? ऐसे लोग डरावने, अति भयावह, अपने पिछले कर्म संबंधित सपने देख सकते हैं।

हमारे धर्म ग्रन्थों के अनुसार सत्य केवल ईश्वर है बाकी जगत मिथ्या है। यह परमेश्वर परम आत्मा के रूप में हमारे अंदर बैठा है और वही स्वप्नों को रचता है और स्वयं दृष्टा है। गीता में है कि परमेश्वर परमात्मा के रूप में प्रत्येक जीव के हृदय में स्थित है और उसी के कारण सारे कर्म प्रेरित होते हैं।

प्राचीन समय से यदि इतिहास या कथन को देखें तो अनेक ऐसे उदाहरण हैं जो सपनों की वास्तविकता या सच्चाई पर प्रकाश डालते हैं। बाइबिल में अनेकों ऐसे प्रसंग हैं जो सपनों की सच्चाई पर प्रकाश डालते हैं।

अमेरिकी राष्ट्रपति अब्राहम लिंकन ने अपनी हत्या को कुछ दिन पहले स्वप्न में होते हुए जान लिया था। इसी प्रकार रोम के सम्राट जूलियस सीजर की पत्नी ने एक सपना देखा कि वह अपने पति के लहूलहान शरीर को उठाए अपना बाल बिखेरे इधर उधर घबराहट में भाग रही हैं। यह सपना देखने के बाद उन्होंने पति को सीनेट जाने से रोका भी पर वे नहीं माने और उनकी हत्या हो गई।

यदि मनुष्य का मन निर्मल हो उसमें छल कपट न भरे हो तो सपनों की सच्चाई पर अविश्वास नहीं होगा? सपनों को अंतरात्मा की प्रेरणा भी कह सकते हैं। ईश्वर बड़ा दयालु है। जब कभी हम राह से भटकते हैं तो वह स्वप्न के जरिए हमें आगाह करता है चेतावनी देता है।

Carl jung (pschiatrist & pschoanalyst) का कथन है कि जीवन यात्रा में सपने आत्मिक, अध्यात्मिक जागरूकता लाते हैं।

प्राचीन समय में मिश्र एवं ग्रीस के लोगों की मान्यता थी कि सपने देवी देवताओं के संदेश होते हैं और इन संदेशों से दूरी नहीं बनाई जा सकती। उन्हें सपनों की सत्यता पर पूर्ण विश्वास था।

अपनी पुस्तक "द वर्ल्ड आफ ड्रीम्स" में डा हैवलाक एलाइस मानते हैं कि स्वप्न में सुसुप्त मस्तिष्क और एक्स्ट्रा सेन्सरी परसेप्शन की बड़ी भूमिका होती है।

ऐसी मान्यता हमारे यहाँ भी थी जिसकी वजह से कई राजाओं के दरबार में स्वप्न विशेषज्ञ पंडितों को रखा जाता था और स्वप्न की सत्यता पर पूरा विश्वास किया जाता था।

वेदव्यास जी ने "ब्रह्म सूत्र" में बताया है कि हमारे पिछले जन्म का ज्ञान सुसुप्त अवस्था में मस्तिष्क में सुरक्षित रहता है। शुद्ध मन वाले धार्मिक

व्यक्तियों के सपने सच होते हैं। चिंता ग्रस्त और अशांत लोगों के सपने तथा ड्रग एवं नशा के आदी लोगों के सपने निष्फल हो सकते हैं।

शोधकर्ताओं के अनुसार कई साक्ष्य ऐसे मिले हैं जो भविष्य की भविष्यवाणी किए हैं। इसके कारण कई हो सकते हैं जैसे संयोग बस या गलत याददाश्त अथवा अचेतन मस्तिष्क का जाने हुए सूचनाओं से संबंध हो जाना।

यहाँ पर मैं अपने बहुत पहले देखें गये एक स्वयं के सपने को उदाहरण स्वरूप रखना चाहता हूँ जो स्वप्न के ठीक दूसरे दिन ही सच साबित हुआ –

गोरखपुर में हमारे पड़ोस में एक राव साहब रहते थे। उनकी एक बहुत ही प्यारी छोटी बच्ची थी। बडी चुलबुली और नटखट। उस समय वह कक्षा नौ में पढ़ती थी। श्रीमती जी से विशेष लगाव के नाते वह ज्यादा तर हम लोगों के साथ रहती थी। इन्हीं से अपनी चोटी भी कराती थी और जो इच्छा हुई जिद कर बनवाती खाती थी। हम लोग सभी अन्नू कहकर पुकारते थे।

जब वह कक्षा दस में गई तो एक दिन मैंने पूछा - अन्नू तुम हाईस्कूल में पास तो हो जाओगी? उसने कहा कि अंकल मैं फर्स्ट डिवीजन से पास हो जाऊँगी। हम लोग उस समय हॅस पड़े थे क्योंकि पढ़ने में उतनी अच्छी नहीं थी। इसके बाद ट्रान्सफर के बाद हमलोग फैजाबाद आ गये।

एक दिन भोर के समय करीब 5-6 के बीच मुझे सपना आया। मैंने अपनी पत्नी को बताया कि जैसे अन्नू आई है और दूर से ही गाड़ी में बैठे बैठे चिल्ला रही है कि अंकल अंकल मैं प्रथम श्रेणी में पास हो गई।

मेरी पत्नी ने कहा वह पास हो जाय यहीं बहुत बड़ी बात होगी?

मैं थोड़ी देर के लिए बाहर टहलने चला गया। एक घंटे के बाद लौटने पर बारामदे में बैठे हम पति पत्नी चाय पी रहे थे तभी राव साहब की गाड़ी आती दिखी और हमलोगों को बाहर बैठे देखकर अन्नू ठीक उसी तरह जैसा कि मैंने सपने में देखा था, चिल्लाती हुई बोली अंकल मैं फर्स्ट डिवीजन में पास हो गई।

इस सपने ने मेरी उत्सुकता सपनों की दुनिया की तरफ काफी बढ़ा दी क्योंकि दुबारा ऐसा सटीक सपना आया जो बिल्कुल सच साबित हुआ।

जहाँ कहीं सपनों के विषय में कुछ विशेष जानकारी मिलती नोट करता जाता साथ ही साथ जो सपने याद रह जाते थे उन्हें दिनांक एवं समय के साथ नोट करता गया। मेरा उद्देश्य सपनों के मोहजाल में उलझाने का नहीं बल्कि कुछ सपनों को आप के सम्मुख रखना है। शोधकर्ताओं के लिए भी ये सपने शोध के विषय बन सकते हैं।

रामचरित मानस में भी कुछ सपनों का वर्णन है। उनमें से एक प्रमुख स्वप्न उस समय का है जब भगवान राम कामदगिरी पर्वत के निकट मंदाकिनी नदी के किनारे भाई लक्ष्मण एवं सीता जी के सहित निवास कर रहे थे।

एक रात सीता जी ने स्वप्न देखा कि पूरे समाज के साथ भरत जी यहाँ आये हैं। प्रभु वियोग की अग्नि से उनका शरीर संतप्त है। सभी लोगों के नेत्रों से आँसूं निकल रहे हैं और सभी उदास और दुखी हैं। सासुओं को भी उन्होंने दूसरे रूप में देखा।

सीता जी ने यह सपना सुबह उठते ही श्री राम को सुनाया। श्री राम लक्ष्मण से बोले - लक्ष्मण देखो कुछ न कुछ अनहोनी होने वाली है। यह सपना शुभ नहीं है अवश्य कुछ न कुछ अनहोनी हुई है।

कुछ ही समय पश्चात वास्तव में यह सपना सच निकला। भरत जी के साथ अयोध्या का समाज आ पहुँचा और माताओं का पहनावा विधवाओं का था।

मानस के ही एक दूसरे स्वप्न का अवलोकन करें –

यह सपना उस समय का है जब सीता जी के हरण के बाद रावण ने उन्हें अशोक वाटिका में रखा था। उनकी रखवाली के लिए त्रिजटा नाम की एक दासी रखी गई थी जिसकी प्रीति श्री राम जी की चरणों में थी।

एक रात त्रिजटा ने सपने में देखा – सपने बानर लंका जारी। जातु धान सेना सब मारी।

खर आरूढ़ नगन दस सीसा। मुंडित सिर खंडित भुज बीसा।।

एहि विधि सो दच्छिन दिसि जाई। लंका मनहु विभीषण पाई।।

त्रिजटा ने सीता जी को बताया कि सपने में मैंने देखा कि एक बंदर ने लंका को जला दिया। राक्षसी सेना को मार डाला। रावण नंगा होकर गदहे पर सवार है।उसके सिर मुड़े हैं और बीसो भुजाएं कटी हैं। इस प्रकार वह दक्षिण दिशा की ओर जा रहा है। विभीषण को लंका का राज्य मिल गया।

यह सपना भी सही साबित हुआ।

हम सभी जब सपने देखकर जगते हैं तो सपनों का लगभग - 50% पाँच मिनट के अंदर ही गायब हो जाता है और दस मिनट के बीच 95% सपने गायब हो चुके होते हैं। जो कुछ हमें याद रहता है उसे बहुत सही एवं विस्तार से नोट नहीं कर पाते इसलिए उसका विश्लेषण बहुत अच्छी प्रकार से नहीं हो पाता अन्यथा अंतरात्मा द्वारा दिखाए गये सपने पर संदेह की गुंजाइश ही नहीं होती।

मुझे तो सपनों की सत्यता पर पूर्ण विश्वास है क्योंकि एक बार नहीं अनेकों बार मुझे ऐसे सपने आये हैं जो पूर्णतया सच साबित हुए। सपनों में

कुछ न कुछ संदेश छिपा रहता है यह मैं बिना किसी हिचक के कह सकता हूँ।

अतीत की घटित घटनाओं की सत्यता को तो परखा नहीं जा सकता क्योंकि वह तो मस्तिष्क के सिवा कहीं अंकित नहीं होगीं। यदि किसी ने आपके अतीत से संबंधित कुछ लिख छोड़ा हो और वह आपके स्वप्न से मिल रही हों तभी आप कह सकते हैं कि अमुक स्वप्न सही हुआ।

मेरी तरह आप भी एक सपनों की डायरी बना सकते हैं और जो सपने याद रह जाए उन्हें तारीख़ और समय के साथ नोट कर लें और आप के साथ क्या हुआ कौन सी विशेष घटना या परिवर्तन कब हुआ? उसे भी संक्षिप्त में नोट करते जाए तो मेरा विश्वास है आप स्वप्न में आये प्रतीकों का और उसकी सत्यता का भली भाँति बिवेचन कर सकते हैं और भविष्य में घटने वाली घटनाओं से भी सतर्क रह सकते हैं।

वैसे मेरा अपना अनुभव है कि जो सपने सच हुए हैं वे बिना प्रतीक के आयें हैं। ठीक उसी प्रकार घटित हुए जैसा सपने में देखा गया था। कुछ सपनों का विवरण रखना चाहूँगा जो सच साबित हुए। वैसे तो हर सपने को सच मानना चाहिए क्योंकि किसी न किसी उद्देश्य की पूर्ति हेतु ही ये आते हैं।

सन 1986 की बात है। उस समय मैं फैजाबाद में पोस्टेड था। एक रात करीब तीन बजे मैंने सपने में एक लाटरी का नम्बर देखा। उस समय लाटरी से मेरा दूर दूर का भी रिस्ता नहीं था। मैं पूर्णतया अनभिज्ञ था।

सपने में आया कि एक ऊँट बनी लाटरी है। लाटरी का नम्बर 479285 है जिसे पहला पुरस्कार मिला है। नम्बर मुझे याद रहा और झट उठकर उसे नोट कर लिया। सुबह लाटरी के शौकीन दोस्तों से पूछा तो पता

चला कि राजस्थान की एक लाटरी है जिसपर ऊँट बना है और उसका नाम राज रथ है।

करीब तीन चार महीने तक मैं लाटरी स्टालों पर जाकर देखता रहा परन्तु ऐसा नम्बर कहीं दिखा नहीं। मेरा ट्रान्सफर बनारस हो गया यहाँ भी मैंने यदाकदा अपनी खोज कायम रखी और अखबार में लाटरी का रिजल्ट रोज देखने लगा।

एक दिन हूबहू वही नम्बर समाचार पत्र में देखकर अपने पर बड़ा पछतावा हुआ कि मैंने अपनी खोज में सक्रियता नहीं दिखाई। पेपर से यह पता न चल पाया कि किस जगह और किसको मिली पर वही नंबर आया जो मैंने स्वप्न में देखा था। जिस किसी सज्जन को मिला होगा इसे कभी भूल नहीं सकते। उनकी दृष्टि कभी इधर पड़े तो कृपया हमें सूचित करें।

मुझे पुनः एक सपना आया कि यहीं नंबर सिरीज में आयेगा यानी कि पहले दिन चार दूसरे दिन सात और अंतिम दिन पाँच। (आखिरी नम्बर 85 या 58 था इसमें थोड़ा भ्रम है क्योंकि डायरी खो गई है)

संयोग से हफ्ते दस दिन बाद ही मुझे राज रथ की इस सिरीज से भेट हो गया। मैंने पहले जेब में जितने पैसे थे उसका टिकट खरीद लिया और उन्हीं पैसों में से कुछ बचा कर शेष का टिकट खरीदता गया पर डर था पता नहीं कल देखा नम्बर आयेगा या नहीं इसी डर के नाते घर से पैसा न लगाते हुए भी मैं अठारह-बीस हजार के आस पास पा गया। थोड़ी हिम्मत दिखाई होती तो लखपति या करोड़ पति तो बन ही गया होता। इस तरह यह सपना पूरी तरह सच साबित हुआ।

उस समय मैं अपनी बड़ी लड़की के शादी के प्रति चिंतित था। रोज खर्च और अपने पास बचे पैसे का गुणा भाग किया करता था। खैर लाटरी के नम्बर की वजह से इतना फायदा तो अवश्य हुआ कि बीस हजार के गहने

इसी पैसे से खरीद लिया और काफी हद तक चिंता भी कम हो गई। विश्वास न जमने की वजह से मैं पूरा फायदा न उठा पाया।

■ मेरी माँ मेरे साथ ही रहती थी। बुजुर्ग थी पर कोई खास बीमारी नहीं थी। साँस जरूर थोड़ी बहुत फूलती थी। एक बार अपनी पत्नी का आपरेशन कराना पड़ा जिसकी वजह से उनकीं देखभाल सही नहीं हो पा रही थी। इस वजह से उन्हें अपने गाँव छोटे भाई के पास छोड़ना पड़ा। गाँव करीब तीस किलोमीटर दूर था। अपने पास एक पुरानी फ़िएट कार थी इसलिए हफ्ते में एकाध बार जाकर चक्कर लगा आता था। पत्नी का भी आपरेशन सही हो गया था अतः दो चार दिन बाद गाँव से माँ को ले आना था।

एक दिन भोर में सपने में मुझे लगा कि माँ मुझे याद कर रही हैं। यह करीब साढे चार बजे भोर का सपना था। सपने में कुछ ऐसा भी नहीं दिखा कि मन में कुछ उलझन हो पर जाने क्यों ऐसा लगने लगा कि मुझे अभी गाँव जाना चाहिए।

अभी श्रीमती जी सो रही थी। तैयार होने के बाद मैंने सपने की बात बताई और कहा कि मैं अभी गाँव जा रहा हूँ और माँ को लेता आऊँगा यह पाँच बजे सुबह की बात है।

गाँव जाकर पता चला कि दो दिन से माँ को बुखार आ रहा था पर आज तबियत कुछ ठीक है हालाँकि आज आपको कई बार पूछी कि आये या नहीं?

डाक्टर की दवा चल रही है। सभी भाईयों में ज्यादा माँ को जाने क्यो मुझपर भरोसा कुछ ज्यादा था?

खराब मौसम में किसी को बाहर नहीं जाने देतीं थी पर कुछ जरूरी काम होता तो हमें ही भेजती थीं।

आराम से चाय पीने के बाद मैं छोटे भाई से उन्हें वापस ले जाने की बात करने लगा। छोटे भाई ने कहा कुछ दिन भाभी को पूरी तरह स्वस्थ हो जानें दीजिए फिर लिवा जाइयेगा। अभी मैं लौटने की सोच ही रहा था कि माँ मुझे बुलवायी और मेरी गोद में ही चिर निद्रा में हमेशा के लिए सो गईं। उस दिन मुझे वह सपना न आया होता तो शायद माँ से भेट न हो पाती।

मुझे मंदिर के सपने अक्सर दिखाई पड़ते हैं। एक बार मैंने सपने में देखा कि बरेली में एक कृष्ण मंदिर है। राधा कृष्ण के मंदिर के सामने मैं खड़ा होकर पूजा कर रहा हूँ। मूर्ति मुझे पूरी तरह याद रही।

उसी रात मैंने सपने में वृन्दावन में बाँके बिहारी जी का एक मंदिर देखा कि मंदिर बहुत ही पुराना है और प्रवेश द्वार ऊँचा सा जैसे किले के फाटक होते हैं उस तरह का है परन्तु दरवाजे नहीं हैं रास्ते की दीवारों पर पेटिंग की हुई है पर बहुत पुराना मंदिर होने के नाते प्लास्टर जगह जगह उखड़ा हुए हैं। मंदिर लाहौरी ईटों का (बहुत पुराने समय के छोटे और पतले ईटों) बना है।

एक मित्र की शादी में सपने के करीब एक महीने के अंदर ही मुझे लखनऊ जाना पड़ा। सोचा चल कर पता कर लूँ कि बरेली में ऐसा कृष्ण जी का मंदिर है भी या नहीं। दूसरे दिन बरेली पहुँच कर मैं लोगों से कृष्ण मंदिर के विषय में पता लगाने लगा। सभी ने यहाँ किसी कृष्ण मंदिर के विषय में अनभिज्ञता जाहिर की। यह बताया कि एक लक्ष्मी नारायण का मंदिर तो है जिसे मुस्लिम बंधुओं ने बनवाया है और काफी प्रसिद्ध है।

जब कहीं से कुछ पता न चला तो बाहर आकर सोचने लगा कि जब इतनी दूर आये हैं तो लक्ष्मी नारायण मंदिर ही घूम लेते हैं। बाहर टेम्पो के विषय में पूछने लगा उसी समय कुछ टेम्पो वाले राजेन्द्र नगर चिल्ला कर सवारियां बैठा रहे थे। एक टेम्पो वाले से जब मैं कृष्ण मंदिर के विषय में पूछा

तो उसमें बैठी एक बुजुर्ग महिला ने कहा कि राजेन्द्र नगर में एक छोटा सा कृष्ण मंदिर है। मैं वही सत्संग में जा रही हूँ। मैं सोचा चलो इस मंदिर को देख लेता हूँ।

मैं जब मंदिर में मूर्तियों को देखा तो भाव विभोर हो कर देखता ही रह गया। हूबहू वही मूर्ति जैसा मैंने स्वप्न में देखा था। जब उस बुजुर्ग महिला और पुजारी जी को सपने की बात बताई तो उनका यहीं कहना था कि कृष्ण जी की विशेष कृपा है आप पर। बुजुर्ग महिला ने मुझे सत्संग में चलने के लिए बहुत प्रेरित किया जो मंदिर के बगल में ही था पर मैंने अपनी असमर्थता जताते हुए उनसे क्षमा मांग लिया।

पुजारी जी बनारस के ही बड़ी पियरी मुहल्ले के निकले। काफी आत्मीयता दिखाई, खाना भी खिलाया। वह राधा कृष्ण की मूर्ति आजतक मेरी आँखों में बसी है। राजेन्द्र नगर इज्जत नगर स्टेशन से आगे है। मुख्य रेलवे स्टेशन से करीब आठ किलोमीटर दूर। वह छोटा सा मंदिर जो प्रसिद्ध भी नहीं था क्यों मेरे सपने में आया? आजतक नहीं समझ पाया। यदि पिछले इतिहास को टटोला जाय तो ऐसा भी संभव है कि जहाँ आज नयी कालोनी राजेन्द्र नगर बनी है वहाँ कभी कृष्ण मंदिर रहा हो।

पुजारी जी ने बताया कि यह मंदिर 1993 में बना था। हो सकता है सत्संग में जाने के बाद कुछ विशेष जानकारी मिलती पर उस सुनहरे मौके को खो देने का पछताया आज भी मेरे मन में है पर इतना तो विश्वास निश्चित हो गया कि सपने सच होते हैं।

वृन्दावन बहुत दिनों के बाद जाना हुआ। कई मंदिरों का जीर्णोद्धार हो चुका है परन्तु एक मंदिर मदन मोहन का है जो काफी पुराना लगा और इसमें लाहौर ईटों का भी इस्तेमाल हुआ है और यदि इस मंदिर में बाँके बिहारी जी के मंदिर वाली गली की तरफ से जाया जाय तो जगह जगह से

कई घरों के प्लास्टर भी टूटे हैं और एकाध भित्ति चित्र भी मिले पर आर्च जैसा कोई फाटक भी नहीं दिखा। सपने में मैंने जो बाँके बिहारी जी का मंदिर देखा था निश्चित रूप से नहीं कह सकता कि यह वही मंदिर है।

मुझे सबसे ज्यादा सपने मंदिरों के आते हैं। कुछ स्थानो पर जाकर मैं वास्तविकता का पता कर चुका हूँ पर अनेक स्थान ऐसे है जहाँ कभी मैं गया नहीं हूँ। उन स्थानों पर जाकर ही असलियत का पता लग सकेगा। मैंने अभी हाल में (जून 2019) ही एक सपना देखा कि जैसलमेंर में एक प्रसिद्ध हनुमान मंदिर है। मूर्ति या मंदिर कुछ भी नहीं दिखा हाँ सालार शाह एक यह नाम साथ में याद रहा। मैं जयपुर छोड़कर राजस्थान में और किसी जगह गया नहीं हूँ। हनुमानजी का पुजारी भी नहीं हूँ। जब मैंने गूगल पर सर्च किया तो पाया कि जैसलमेंर में एक बहुत ही प्रसिद्ध हनुमान मंदिर है जहाँ दूर दूर से लोग दर्शन करने आते हैं।

ऐसे ही देखा कि टीकमगढ़ में एक मंदिर दर्शन हेतु जा रहा हूँ। रास्ते की बाई तरफ छोटी पहाड़ी है, विन्ध्याचल की पहाड़ियो जैसा, और दाहिनी तरफ भव्य महल और भवन है। मंदिर पहुँचने पर बरामदे में गदा लिए घुटनों पर बैठे हनुमानजी की मूर्ति दिखी और पास में ही फ़ले हुए आम का बहुत सुन्दर बगीचा है। मंदिर में किसकी मूर्ति है नहीं दिखा सपने में। टीकम गढ़ जाने पर ही वास्तविकता से परिचित हुआ जा सकता है। एक महल के ऊपरी मंजिल के बाल्कनी से पूरे टीकम गढ़ का बहुत सुन्दर नजारा सपने में दिखा था।

सत्य या असत्य

अक्सर यह देखा जाता है कि लोग आपस में झगड़ते हैं कि सत्य यह है और सत्य यह नहीं है। सत्य के दो भेद हैं –

1- जो मनुष्य की पंचेन्द्रियों से तथा अनुमान से ग्रहण किया जाय।

2 - जो अतीन्द्रिय सूक्ष्म योग की शक्ति द्वारा ग्रहण किया जाय।

जो इन्द्रियों और उसके अनुमान जैसे छूकर, देखकर चखकर आदि से जाना जाय उसे विज्ञान कहते हैं और जो अंत्रेदियों की शक्ति योग आदि द्वारा प्राप्त हो उसे "वेद" कहते हैं।

झगड़ा यहीं है हम जो बाह्य इन्द्रियों से देखते परखते हैं उसी को सत्य मानते हैं। निरीक्षण और परीक्षण के आधार वालों को वैज्ञानिक और उनके तथाकथित ज्ञान को विज्ञान कहते हैं और अंतेन्द्रिय शक्ति जिसमें प्रकाशित हो उसे ऋषि कहते हैं और उनके ज्ञान को "वेद" कहते हैं। अंतेन्द्रिय ज्ञान राशि सदा से विद्यमान है यहाँ तक कि जगत के सृष्टिकर्ता भी इसी ज्ञान की सहायता लेते हैं।

पुरातन समय में अग्निबाण, पुष्पक विमान आदि का वर्णन आता है पर हम उस पर यकीन न कर तर्क वितर्क करते थे। जब नेपाम बम मिसाइल आदि तथा वायुयान की रचना हो गई तब उसे सत्य माना जाने लगा।

अतः जो बाह्य इंद्रियों से नहीं समझा जा सकता उसे असत्य या कपोल कल्पना मानकर नहीं झगड़ना चाहिए। वेदो में ईश्वर को सूक्ष्म से सूक्ष्म कण बताया गया है। वेदों में भी अणु परमाणु न्यूट्रान, प्रोटान का जिक्र है। आज विज्ञान भी मानने लगा है कि सूक्ष्म से सूक्ष्म तत्व न्यूट्रान प्रोटान हैं और सृष्टि की संरचना इन्हीं से की गई है।

सेतुबंध रामेश्वर को भी लोग कपोल कल्पना मानते थे पर नासा की खोज ने सत्य साबित कर दिखा दिया। नारद जी के अंतरिक्ष लोकों के भ्रमण को लोग कल्पना की उड़ान मानते थे पर वर्तमान में चन्द्र लोक तक लोगों का आना जाना इसकी सच्चाई को तो दर्शाता ही है। हो सकता है नारद जी अंतरिक्ष यात्री हो और उनकी वीणा अंतरिक्ष यान।

सपनों के विषय में भी अक्सर लोग यहीं जानना चाहते हैं कि क्या सपने सच होते हैं? असली सच्चाई तो तभी सामने आयेगी जब या तो स्वयं के देखें हुए सपने सच निकलें या फिर उन लोगों पर विश्वास करें जिनके देखें सपने सच हुए हैं।

स्वप्न में विशेष भूमिका वालों का परिचय

ईश्वर एवं उसकी शक्ति

पूरे ब्रह्माण्ड में जीव, जगत, जगदीश्वर के अलावा कुछ भी नहीं है। जीव ईश्वर का ही अंश है और जगत् ईश्वर की माया। ईश्वर को जानने हेतु जीव और जगत का परिचय जरूरी है जगत का परिचय जानने हेतु जीव एवं ईश्वर से परिचित होना जरूरी है और जीव का परिचय जानने हेतु जगत एवं जगदीश्वर का परिचय जरूरी है। ये सभी नित्य एक दूसरे के संपर्कमें हैं।

सृष्टि के रचयिता, पालक, विनाशकर्ता को हम परमात्मा, परमेश्वर, परमानंद, ईश्वर, भगवान आदि कई नामों से जानते है। जो पूरे ब्रह्माण्ड में व्याप्त है उसे हम परमात्मा या परमेश्वर कहते हैं। उसी का छोटा सा अंश जीव में भी समाया है जिसे हम आत्मा कहते हैं यानी छोटे रूप को आत्मा और विशाल रूप को परमात्मा। शक्ति का श्रोत यहीं परमात्मा है जिसने पूरी सृष्टि की रचना की।

इस शक्ति की जानकारी के लिए एक कहानी सुनाते हैं - जब असुरों और देवताओं में युद्ध हुआ और देवताओं की विजय हुई तो देवता अहंकार से भर उठे। अंतर्यामी ईश्वर ने उनका अहंकार नष्ट करने हेतु स्वयं एक यक्ष का रूप धारण कर देवताओं के सम्मुख प्रकट हुए क्योंकि अहंकार किसी का भी अच्छा नहीं होता यह गर्त में ढकेल देता है।

यक्ष को देखकर देवता आश्चर्य चकित हो गये। अतः अग्नि देव को यक्ष के विषय में जानकारी हेतु भेजा गया। अहंकार युक्त अग्नि देव जब तक कुछ पूछे उससे पहले ही यक्ष देव ने पूछा - आप कौन हैं? और आप की शक्ति क्या है?

अग्नि देव ने जवाब दिया - मैं अग्नि हूँ। मैं किसी पदार्थ को भस्म कर सकता हूँ। यक्ष देव ने एक तृण सामने रखकर कहा इसे जलाइए। सभी प्रयत्न के बावजूद अग्नि देव तृण को नहीं जला सके और लज्जित महसूस कर देवताओं के पास चुपचाप जाकर बैठ गये। तत्पश्चात वायु देव को भेजा गया।

यक्ष देव ने वायु देव से पूछा - आप कौन हैं? और आपकी शक्ति क्या है? मैं वायु हूँ। मेरी शक्ति यह है कि पृथ्वी के किसी पदार्थ को मैं आसानी से उड़ा सकता हूँ। यक्ष देव ने उनके सामने भी वही तृण रखकर कहा जरा इसे उड़ा दीजिए।

वायुदेव ने भरसक प्रयत्न किया पर तृण टस से मस नहीं हुआ और लज्जित होकर वे भी चुपचाप आकर बैठ गये।

इसके बाद स्वयं इन्द्र देव बाहर आये परन्तु तबतक यक्ष देव अंतर्ध्यान हो चुके थे। वहाँ एक सुन्दर स्त्री खड़ी थी। जब इन्द्र देव ने उससे यक्ष के विषय में पूछा तो उसने बताया वे तो स्वयं परमात्मा थे। उन्हीं की शक्ति से आपलोग विजयी हुए थे।

अब आप में स्वाभाविक रूप से यह प्रश्न उठ सकता है कि अपारशक्ति का स्रोत परमात्मा आखिर है कौन? गोस्वामी तुलसीदास जी ने ऐसा वर्णन किया है कि ईश्वर के विषय में कोई भ्रम ही न बचे –

बिनु पद चलइ सुनइ बिनु काना। कर बिनु करम करइ बिधि नाना॥
आनन रहित सकल रस भोगी। बिनु बानी बकता बड़ जोगी॥

तन बिनु परस नयन बिनु देखा।ग्रहइ घ्रान बिनु बास असेषा।

असि सब भांति अलौकिक करनी। महिमा जासु जाइ नहि बरनी॥

ईश्वर सर्व शक्तिमान है जिसके विधान से पूरी सृष्टि के कार्य सम्पन्न होते हैं। जीव इसी ईश्वरीय शक्ति का अंश है और जगत इसी की फैलाई हुई माया है। ईश्वर सर्व समर्थ अनंत शक्ति शाली एवं सर्वज्ञ है। उसके शक्ति का भंडार कभी खाली नहीं होता चाहे जितना निकाले ज्यों का त्यों बना रहता है।

सबकी इन्द्रियों और अंतःकरण को वही सामर्थ्य प्रदान करता है। यह हमारी भूल है कि हम अपने को कर्ता समझ लेते हैं। नींद लाने वाला भी वही है और जगाने वाला भी वही है। स्वप्न दिखाने वाला भी वही है और दृष्टा भी वही है।

गाड़ी के नीचे चलने वाला कुत्ता यह समझ कर हाँफने लगता है कि जैसे गाड़ी चलाने का भार उसके ही मत्थे है। ऐसे हम भी बेवकूफी भरी सोच लिए बैठे हैं।

क्या बिना साधन और शक्ति के कोई कार्य सम्पन्न हो सकता है? क्या बिना कान के हम सुन सकते हैं? क्या बिना आँखों के देख सकते हैं? क्या बिना प्राण के हम साँस ले सकते हैं?

मरे हुए को साँस का आवागमन कराया जा सकता है क्या? बहरा सुन सकता है क्या? अंधा देख सकता है क्या? साधन है पर सामर्थ्य या शक्ति का अभाव है।

यहीं शक्ति वह आत्मा है जो अंतःकरण में जागृति लाती है और इसी के होते हम स्वप्न देख पाते हैं।

सुसुप्त अवस्था में मन एवं अहंकार दोनों विश्राम करते हैं इसीलिए न हमें स्वप्न आते हैं और न ही शरीर का आभास रहता है। देखने, सुनने,

मनन करने, साँस लेने सभी के लिए हम आश्रित हैं पराधीन हैं परमात्मा के ऊपर। वह आश्रयदाता है परन्तु वह किसी पर आश्रित न होकर परावलंबी है।

आत्मा

ईश्वर अंश जीव अबिनासी। चेतन अमल सहज सुख रासी॥

जीव ईश्वर का अंश है। वह अविनाशी चेतन निर्मल और स्वभाव से ही सुख की राशि है। एक आत्मा से दूसरी आत्मा में शक्ति का संचार होता है। यह स्वयं प्रकाशमान है।इसे बीज रूप प्राण भी कहते हैं। कुछ लोग मन को ही आत्मा मानते हैं तो कुछ लोगों के अनुसार चित्त ही आत्मा है।

आत्मा रूपी अनंत शक्ति मन रूपी परदे से ढँका है। परदे को हटाते ही आत्मा और हमारे बीच कोई दूरी नहीं रह जाएगी।हमारे समस्त भय, परेशानियां, चिंताये, कष्ट दुर्बलता, बुराइयाँ आदि सब एक भूल के नाते है - कि हम एक शरीर हैं। हम शरीर नहीं है शरीर तो हमारा वाहन है। हम तो अमर आत्मा हैं। ईश्वर के अंश है। जब माया रूपी अंधकार का पर्दा हमारे और ईश्वर के बीच से हट जाएगा तो ईश्वर और हमारे बीच के सारे भ्रम मिट जाएँगे।

एक कथा है कि आत्म स्वरूप जानने की जिज्ञासा देवताओं एवं असुरों में हुई। देवताओं के प्रतिनिधि के रूप में इन्द्र तथा असुरों के प्रतिनिधि के रूप में विरोचन प्रजापति के पास गये प्रजापति आत्म स्वरूप का सुन्दर उपदेश देने वाले थे। बिना ब्रह्मचर्य के इस शिक्षा की प्राप्ति संभव नहीं थी इसलिए प्रजापति ने दोनों से 32 वर्ष का ब्रह्मचर्य धारण करने को कहा।

इस अवधि के बाद जब दोनों पुनः प्रजापति के पास गये तो उन्होंने बताया कि जो आँखों में दिख रहा है वही ब्रह्म है। दोनों ने पानी में देखा उन्हें अपनी ही शरीर नजर आई। विरोचन इससे पूर्ण संतुष्ट होकर असुरों को बताया कि शरीर ही आत्मा है। असुर तभी से शरीर पर विशेष ध्यान देने लगे।

ब्रह्मा जी इस उत्तर से संतुष्ट नहीं हुए इसलिए पुनः प्रजापति के कहने के अनुसार उन्हें ब्रह्मचर्य व्रत धारण करना पड़ा। पुनर्मिलन के बाद प्रजापति ने इन्द्र को समझाया कि सुसुप्त पुरुष ही आत्मा है पर इससे भी इन्द्र की शंका दूर न हुई। अतः शंका का समाधान करते हुए प्रजापति ने समझाया –

हे इन्द्र जब तक देह भाव है तभी तक प्रिय अप्रिय की भावना रहती है। एक बार देह भाव दूर हो जाएगा और आत्मा के सच्चे स्वरूप का ज्ञान हो जाएगा तो लौकिक सुख दुख का अनुभव ही नहीं होगा और तुम खुद को एवं परमेश्वर को समझ जाओगे।

प्रकृति

जो उत्तम सिद्धि द्वारा प्राप्त, सभाव सिद्धा, सहजा और अकृता है तथा कभी स्वभाव का परित्याग नहीं करती वही प्रकृति है। अग्नि की उष्णता एवं प्रकाश रूपी प्रकृति होती है पक्षी की आकाश गमन रूपी प्रकृति होती है। जल की निम्न लोक की तरफ जाने की प्रकृति होती है। इस संसार में जो अपने स्वभाव को नहीं छोड़ते उन्हें प्रकृति नाम से ही जानना चाहिए।

मस्तिष्क

मस्तिष्क का विशेष विवरण तंत्रिका विज्ञान (Neuro biology) द्वारा भली भांति समझा जा सकता है। मस्तिष्क को मानव शरीर के अंगों का मालिक कह सकते हैं। इसके द्वारा ही शरीर के विभिन्न कार्यों का नियंत्रण एवं नियमन होता है। इसका मुख्य कार्य बुद्धि, तर्क शक्ति,ज्ञान, स्मरण, विचार आदि है। मानव मस्तिष्क की रचना अति जटिल है। इसमें लगभग एक अरब तंत्र कोशिकाएँ हैं। सम्पूर्ण ब्रह्माण्ड में जो कुछ है वह द्रव्य और उर्जा (matter & energy) का संगम है। सभी दृश्य और अदृश्य इन्हीं दोनों के संयोग से घटित होता है।

मस्तिष्क के विभिन्न भाग सूचनाओं के आदान प्रदान हेतु अणुओं पर निर्भर रहते हैं जिन्हें न्यूरो केमिकल कहते है। मस्तिष्क एक विशेष प्रकार के कोशिकाओं से बना होता है जिन्हें तंत्रिका कोषा (neuron) कहते हैं। तंत्रिका कोषा ही सूचना संवहन की इकाई होती है। जिस तंत्र द्वारा विभिन्न अंगों का नियंत्रण और सामंजस्य स्थापित होता है उसे तंत्रिका तंत्र (nervous system) कहते हैं।तंत्रिका कोशिका इसकी रचनात्मक एवं क्रियात्मक इकाई है। तंत्रिका कोशिका एवं इसकी सहायक कोशिकाएँ मिलकर कार्यों को सम्पन्न करती हैं।

मस्तिष्क के भाग

(क) अग्र मस्तिष्क –

1- cerebrum - इच्छाएं, भावनाएं, कल्पना, तर्क, याददाश्त

2- thalamus - ताप, दाव, सर्दी, गर्मी, स्पर्श

3- hypothalam - प्यार भूख प्यास क्रोध, नफरत, ताप, नियंत्रण

(ख) मध्य भाग - देखने, सुनने का कार्य

(ग) पिछला भाग –

Cere bellum संतुलन कार्य

Medulla oblogotes -समस्त अनैच्छिक क्रियाये - खासी छीक गैस रक्तचाप आदि

बचपन से सुनने में आता है कि विधाता ने जो ललाट पर भाग्य लिख दिया वह अमिट है। ऐसा यदि आज की भाषा में समझे तो कहेंगे कि ललाट में स्मृति सांकेतिक भाषा में भरी है जिस तरह कम्प्यूटर की मेमोरी में अनेक चीजें भरी रहती हैं। जैसे जासूस अपनी एक कोड भाषा तैयार कर लेता है उसी प्रकार मस्तिष्क में भी सारी सूचनाएं सुरक्षित रहतीं हैं। फेस रीडिग वाले मस्तिष्क के ललाट को ही देखकर भविष्यवाणी करते हैं।

वैज्ञानिक प्रमस्तिष्क को उच्च भावनाओं का स्थान मानता है और इसी में ललाट भी स्थित है जहाँ सूक्ष्म जानकारियां और स्मृतियाँ संरक्षित रहती हैं।

मन

मन की एकाग्रता से ही सबकुछ जाना जा सकता है। यहाँ तक कि ईश्वर दर्शन का भी एक मात्र साधन भी मन ही है। यदि मनुष्य अपनी एक आत्मा को जान जाय तो वह भूत भविष्य वर्तमान सभी आत्माओं को जान जाएगा।

मन के चार आयाम हैं –

1 - प्रथम - मनन या चिन्तन शक्ति

2 - बुद्धि अर्थात इच्छा शक्ति

3 - आत्मचेतन या अहंकार, अहं बुद्धि

4 - चित्त। चित्त वह तत्व है जिसके आधार एवं माध्यम से समस्त शक्तियाँ क्रियाशील होती हैं। मानो चित्त समुद्र है जिसमें समस्त क्रिया शक्तियाँ तरंगों का रूप धारण किए हुए हैं।

वास्तव में देखा जाय तो मस्तिष्क में संकल्प और विकल्प अनवरत चलता रहता है और वह नाना विषयों की ओर भागता रहता है। इस संकल्प एवं विकल्प के प्रवाह को ही "मन" कहते हैं।

विषय, भोग वासना की प्रवृत्ति, अभिमान, ममता, स्वार्थ परता, हिंसा, विद्वेष, जड़ता, तामसिक प्रवृत्ति आदि भी मन को प्रभावित करते हैं। पूर्व जनित संस्कार एवं प्राचीन कर्म से भी मन तथा इन्द्रियां बाह्य विषयों में लिप्त हो जाती हैं जिससे मन को एक विषय पर केन्द्रित कर पाना मुश्किल हो जाता है।

चंचलता ही मन का धर्म है

मन बहुत ही चंचल है। इन्द्रियां इसके साथ हैं क्योंकि उनकी लगाम मन के ही हाथ है इसीलिए इसकी चंचलता और बढ़ जाती है। जितना अधिक काल जिस प्रकार के विषय के साथ मन का जितना अधिक संयोग रहता है उतना ही अधिक मन उन विषयों के राग में रञ्जित हो जाता है। उन विषयों के संस्कार और स्मरण उतना ही अधिक मन पर प्रभाव डालते हैं। एक तत्व का जितना अधिक अभ्यास किया जाता है मन उतना ही स्थिर होता है। इसे योग एवं ध्यान से काबू में किया जा सकता है।

मन अपनी इच्छानुसार कहीं भी इन्द्रियों का प्रयोग कर सकता है। हमारी यह धारणा सही नहीं है कि बिना शरीर के हम कुछ नहीं कर सकते। अंतरात्मा के अंदर सब कुछ है।

स्वामी रामकृष्ण परमहंस ने एक शिष्य से पूछा था कि क्या तुम दूसरों के मन की बात को जानना चाहते हो? यह मुश्किल काम नहीं है। हफ्ते दस दिन के अंदर तुम यह विद्या सीख सकते हो। सिद्धाई या विभूति मन के थोड़े ही संयम से प्राप्त की जा सकती है। इससे दूसरोंके मन की बात को आसानी से जाना जा सकता है।

मन का संयम बहुत जरूरी है। इन्द्रियों को बहिर्मुखी होने से रोकना चाहिए। जब आपका मन किसी विषय में मगन रहता है तब आप यह क्रिया अचेतन मन से सर्वदा करते रहते हो एत एव चेतन रूप से भी इसका अभ्यास किया जा सकता है।

हम वही देखते हैं जो हमारे अंतर्मन में है

जो कुछ हमारे अंतर्मन में है हम वही देखते हैं, वही अनुभव करते हैं। हमारे अंतरमन में यदि चोर न बैठा हो तो हम किस प्रकार चोर देखेंगे? यदि अशुभ की सोच हमारे मन में न हो तो हम अशुभ का अनुभव कैसे करेगें? अंधेरे में एक ठूंठ खड़ा हो तो उधर से यदि कोई चोर गुजर रहा है तो उसके दिमाग में शंका होगी हो न हो कोई सिपाही खड़ा है। भूत प्रेत से भय खाने वाला सोचेगा कि कोई भूत है या भूतनी खड़ी है। अज्ञान ही इसका मुख्य कारण है।

एक हमलोगों के दादाजी थे। उनके बगीचे में दो आम के पेड़ बहुत ही मीठे फल वाले थे परन्तु पकने के समय वे शाम से ही चारपाई डालकर

रात भर वही सोते थे। बचपन में हम कुछ दोस्तों को शरारत सूझी कि उनको डराकर आम तोड़ा जाय।

आम के पेड़ से कुछ दूर जाकर एक बाँस पर कम्बल डालकर उसपर टार्च की रोशनी थोड़े थोड़े अंतराल पर फेंकते रहे और बाँस को ऊपर नीचे करते रहे तथा कभी एक बच्चा हल्की आवाज के साथ अंधेरे में कुछ हरकत कर देता। सचमुच वे डर से भागे और हम लोगों को आम तोड़ कर भागने का मौका मिल गया। भूत का डर पहले से उनके अंतर मन में समाया था जिसकी वजह से ही वे भागे अन्यथा हम लोग आसानी से पकड़ में आ जाते।

जो जागृत अवस्था में हमारे विचार रहते हैं कभी-कभी वही उसी प्रकार स्वप्न में भी दिखते हैं। दृष्टा और दृश्य का अनुसंधान करने वाली शक्ति ही कार्य करण रूपी माया है। हम जैसी भावना रखेंगे वैसा ही बन जाएंगे। भावना ही जीवन है। भावना ही बल है और भावना ही तेज है।

डाक्टर फ्रायड के अनुसार मनुष्य मन के भाग

पहला भाग -

- जिसमें सभी इच्छाएं आकर तृप्ति पाती हैं यह भाग चेतन मन कहलाता है। यह बाहरी जगत से व्यक्ति का समन्वय कराता है।

दूसरा भाग -

- यह अचेतन मन कहलाता है। यह भाग सभी भोग इच्छाओं का आश्रय है। इसी में उसकी दमित इच्छाएं रहती हैं।

तीसरा भाग -

- तीसरा भाग अवचेतन मन कहलाता है। इस भाग में मनुष्य का नैतिक स्वत्व रहता है। डाक्टर फ्रायड ने इसे राज्य के सेन्सर विभाग अर्थात नैतिक स्वत्व विभाग माना। यह विभाग किसी भी वासना के स्वप्न को चेतना में प्रकाशित होने से पूर्व काट छाट कर देता है। अत्यंत अप्रिय अथवा अनैतिक स्वप्न देखने से मनुष्य को आत्म त्रसना से बचने हेतु सेन्सर किए सपने को तोड़ मरोड़कर पेश करता है फिर जागृत अवस्था में इसे भुलवा देता है।

● सपने अर्थहीन नहीं होते। निश्चय ही उनका अर्थ और लक्ष्य होता है।

● लोग भौतिक भोग के लिए अपनी अतृप्त इच्छायें बढ़ाते जाते हैं इसलिए हमेशा चिंता ग्रस्त रहते हैं। आसुरी प्रवृत्ति के लोग मानते हैं कि इन्द्रियों का भोग ही जीवन का परम लक्ष्य है। ऐसे लोग सभी प्रकार के पापों में लिप्त हो जाते हैं। अतृप्त इच्छाओं की पूर्ति भी स्वप्न के जरिए होती है।

● स्वप्न में वे चीजें आती हैं जिनके विषय में कभी सुना गया हो देखा गया हो या अनुभव किया गया हो और वे भी चीजें आती हैं जो इस जीवन में न देखी गयी हो न सुनी या अनुभव की गई हो।

● सपने - वात, पित्त, कफ बढ़ने के कारण भी आ सकते हैं। वात बढ़ने से आकाश संबंधित, पित्त बढ़ने से अग्नि संबंधित, कफ बढ़ने से जल संबंधित सपने आ सकते हैं।

● सतोगुणी को कम सपनों के आने की संभावना रहती है जब कि रजोगुणी को सबसे ज्यादा। सतगुण वालों को समस्याओं के समाधान में मददगार सपने, देवी देवताओं से संबंधित या नौकरी या व्यवसाय में तरक्की वाले सपने आ सकतें है। राजसी प्रवृत्ति वालो को हर प्रकार के सपने आ सकतें है परन्तु अपनी सुरक्षा, लड़ाई झगड़े या पारिवारिक कलह, भय या डर तथा सेक्स से संबंधित सपने ज्यादा दिखलायी पड़ते हैं। तामसिक प्रवृत्ति वालों

को चिंता में डालने वाले, भयानक, दुखदाई डरावने सपने अधिक आ सकते हैं ऐसे सपने रोगियों को भी आते हैं।

● कल्पना प्रेरणा का द्वार तथा समस्त विचार का आधार है। पैगम्बर, कवि, अन्वेषक महती कल्पना शक्ति से सम्पन्न थे। ऐसा नहीं कि न्यूटन के पहले गुरुत्वाकर्षण शक्ति कहीं छिपी थी और उनके आते ही प्रकट हो गई। उनकी कल्पना शक्ति अपार थी। राईट बंधुओं ने कल्पना की उड़ान भरी जहाज के निर्माण के विषय में सोचा। श्री जगदीश चन्द्र वसु ने जब माता से सुना होगा कि पेड़ पौधे भी दुख महसूस करते हैं तो उन्होंने कल्पना लोक की उड़ान भरी होगी फिर द्रढ़ निश्चय के साथ अपनें काम में जुट गये होंगे।

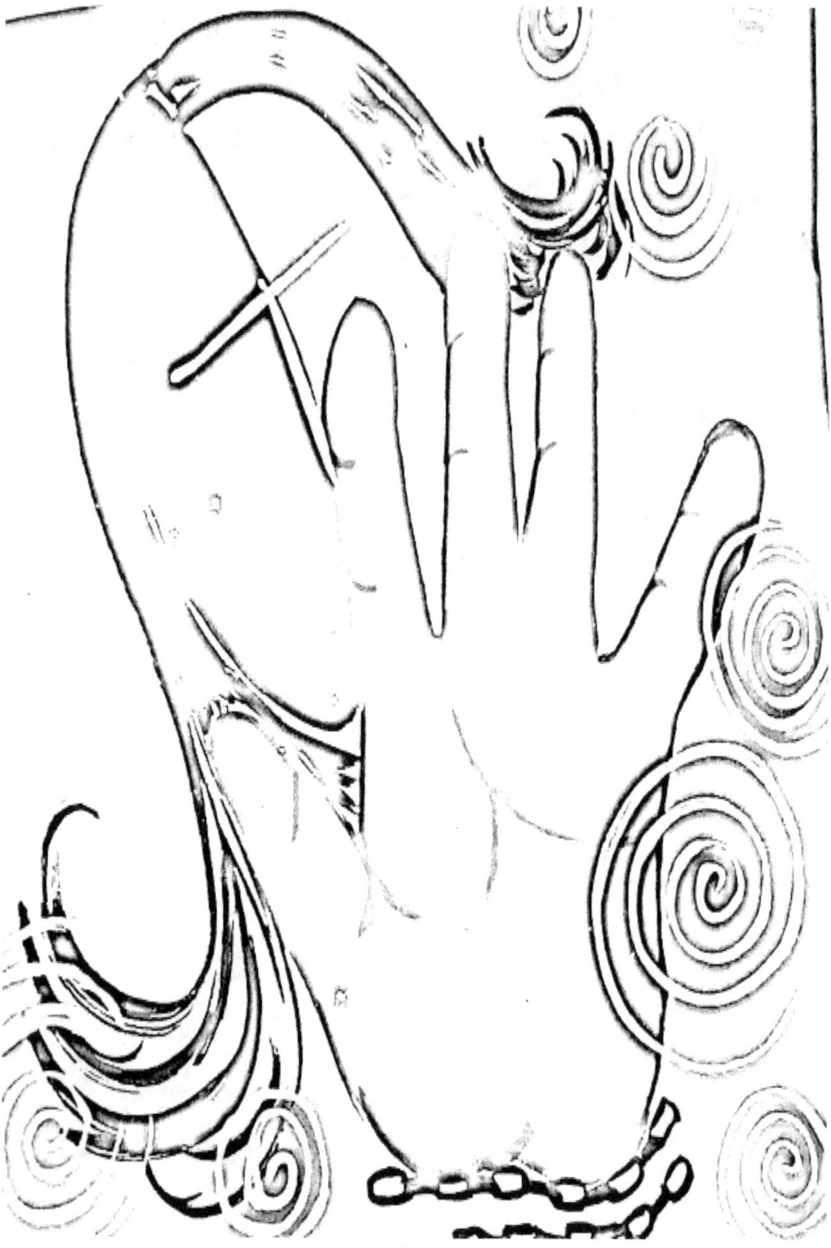

जड़ और चेतन

जो अपने को नहीं जानता और दूसरे को भी नहीं जानता वह जड़ है। जो अपने को भी जानता है और दूसरे को भी जानता है वह चेतन हैं। जानने की शक्ति चेतना है। मन बुद्धि चेतन में दीखते हैं पर हैं वे जड़ ही। ये चेतन के प्रकाश से प्रकाशित होते हैं। इन्द्रियों के दो रूप हैं - कर्मेन्द्रिय और ज्ञानेन्द्रिय। कर्मेन्द्रियाँ जड़ हैं और ज्ञानेन्द्रियो में चेतन का आभास है। इस आभास को लेकर ही श्रोत, त्वचा, चक्षु, रसना और घ्राण ये पाँच ज्ञानेन्द्रियाँ कहलाती हैं। इनमें जो ज्ञान है वह खुद का नहीं है बल्कि चेतन का है। खुद तो ये जड़ ही हैं।

सूर्य का प्रकाश यदि दर्पण पर डाला जाय तो सूर्य का प्रकाश दर्पण में आ जाता है और यदि दर्पण के प्रकाश को कमरे की तरस मोड़ दिया जाय तो कमरा प्रकाशित हो जाता है परन्तु यह प्रकाश दर्पण का न होकर है सूर्य का ही।

स्वप्न आत्मा की कल्पना है

स्वयं प्रकाशमान आत्मा ही स्वप्नों की कल्पना करता है और वही सारे भेदों को जानता है। जागृत अवस्था के सुने गये किए गये तथा अनुभव किए गये कार्यों एवं अचेतन मन में पहले के कार्यो अनुभवो के मिश्रण से स्वप्न की रचना करता है। आन्तरिक पदार्थ केवल कल्पना काल तक रहते हैं यानी केवल कल्पना के समय ही उपलब्ध होते हैं जैसे दूकान, बाजार, गृह, नगर निवासी स्त्री पुरुष आदि दिखलायी पड़ते हैं परन्तु अकस्मात् इनका अभाव प्राप्त होते देखा गया है।

वस्तुतः जीव विभिन्न कर्मों का कर्ता नहीं है। उसे बाध्य होकर कर्म करना पड़ता है क्योंकि वह विशेष प्रकार के शरीर में स्थित रहता है।जिसका संचालन प्रकृति का गुण करता है। परमेश्वर परमात्मा के रूप में प्रत्येक जीव में स्थित हैं और उन्हीं के कारण सारे कर्म प्रेरित होते हैं। स्वप्न भी आत्मा की ही प्रेरणा है।

जीव अपने विगत की सारी बात भूल जाता है लेकिन उन्हें परमेश्वर के निर्देशानुसार कर्म करना पड़ता है। परमात्मा ही उसके कर्मों का साक्षी है। एत एव वह अपने विगत कर्मों के अनुसार कार्य करना प्रारंभ करता है।इसके लिए उसे आवश्यक ज्ञान एवं स्मृति प्रदान की जाती है लेकिन वह विगत जीवन को भूलता रहता है।

यद्यपि जीव भूल जाता है परन्तु परमात्मा उसे बुद्धि प्रदान करते है जिससे वह पुनः अपने पूर्व जन्म के अनुसार कार्य करने लगता है। ईश्वर ने मनुष्य को जिज्ञासा और लालसा भी प्रदान की है जिससे वह स्वयं को जान सके और परम पिता परमेश्वर को भी जान ले। अन्य जीवों में ऐसे ज्ञान का अभाव होता है। उन्हे केवल भूख, भय, मैंथुन और निद्रा की जानकारी होती है। परमात्मा शरीर के अंदर अवश्य है पर वह निर्लिप्त भाव से है।

सपने आते ही क्यों है?

सपने आने के कारणों में इच्छा एक प्रमुख कारण है। कामना, आशा, वासना, तृष्णा आदि नाम से जानी जाने वाली इच्छायें सभी योनियो में होती हैं। इन्हीं इच्छाओं की पूर्ति हेतु मनुष्य तरह तरह का प्रयत्न करता है जिससे अच्छा जीवन जी सके। अज्ञान के वशीभूत मनुष्य किसी वस्तु को यथा रूप में नहीं समझ पाता। ऐसा व्यक्ति आवश्यकता के अधीन होता है।

अध्यात्म में रुचि नहीं रहती। सक्रियता में कमी रहती है। नित्य धन संग्रह में पागलों की तरह जुटा रहता है और चिंता और निराशा पाल लेता है।

अनेक साधन प्रयत्न करने के बाद भी मनुष्य अपनी इच्छा की पूर्ति में असफल रहता है। इच्छाएं जितनी बढ़ती जाएंगी उतनी चिंता और परेशानियों घिरती जाएँगी जिससे मन में कुचिंता, भोग वासनाएं, लालसाएं उत्पन्न होंगी। मन कलुषित होगा।

हालाँकि ऐसी भावनाएं चिंताये चित्त में स्थाई संस्कार नहीं बना पाती परन्तु इनका निराकरण जरूरी होता है। निद्रा की अवस्था में स्वप्न के जरिए इनका निराकरण होता रहता है। यदि स्वप्न न आयें तो ये चिंताए मनुष्य को विक्षिप्त बना सकती हैं। कुछ कुप्रवृत्तियां एवं कुचिंताए प्राचीन प्रवृत्तियों एवं संस्कारों की वजह से भी मन में उत्पन्न हो जाती हैं इनसे सावधानी की जरूरत होती है। स्वप्न हमें ऐसी प्रवृत्तियों से सावधान करते हैं।

शरीर रूपी घर में पूरा ब्रह्माण्ड समाया है

शरीर आत्मा का रथ है और इसको चलाने वाला सारथी मन है जो इन्द्रिय रूपी घोड़ो से रथ को चलाता है। शरीर रूपी घर के अंदर अति सूक्ष्म कमल रूपी घर है और उससे भी सूक्ष्म आकाश उस घर के अंदर है स्थित है। इस आकाश को अध्यात्म में चिदाकाश कहते हैं। यह चिदाकाश आत्मा का ही स्वरूप है। जिस तरह यह बाह्य आकाश व्यापक है उसी प्रकार हृदय में स्थित आकाश (चिदाकाश) सर्व व्यापक है।

दोनों आकाशों में भिन्नता यह है कि बाह्य आकाश लौकिक है। भौतिक है और सीमित है। जबकि भीतरी आकाश चिदाकाश अलौकिक है

अनंत है और बाह्य आकाश में भी व्याप्त है। इस चिदाकाश में सभी लोक जैसे अंतरिक्ष लोक, पृथ्वी लोक, अग्नि, वायु, सूर्य, चन्द्र, नक्षत्र आदि सभी उसमें व्याप्त हैं।

हमारे ऋषि बहुत बड़े वैज्ञानिक थे। उन्होंने बाहरी और भीतरी दोनों आकाशों का विधिवत अन्वेषण / विश्लेषण किया। उनकी कल्पना शक्ति बहुत ही उच्च थी। मन में उन्हें ईश्वर को जानने की लालसा हुई स्वयं को जानने की जिज्ञासा हुई। अनवरत ध्यानस्थ होने के बाद उन्होंने इस सत्य को जान लिया कि ईश्वर सूक्ष्म से सूक्ष्म परमाणु है। तथा जो कुछ इस हृदय के अंदर वाले आकाश में यानी चिदाकाश में है वही सम्पूर्ण बाहरी आकाश में भी व्याप्त है। इसीलिए कहते हैं कि – "यथा पिन्डे तथा ब्रह्माण्डे।" यानी जो सूक्ष्म रूप में चिदाकाश में है वही विशाल रूप में इस ब्रह्माण्ड में है। शरीर के अंदर बैठे ईश्वर को हम आत्मा के रूप में और पूरे ब्रह्माण्ड में व्याप्त ईश्वर को परमात्मा के रूप में जानते हैं। इसे न समझ पाने वाले भले ही कपोल कल्पित माने पर इसका आधार बिलकुल ठोस है। वर्तमान में हमारे वैज्ञानिक भी इसी आधार पर कार्य करते हुए अनेक आविष्कार कर रहें हैं।

विज्ञान में आपने पढ़ा होगा कि प्रत्येक पदार्थ छोटे छोटे पदार्थों से मिलकर बना है जिसे "अणु" कहते हैं। प्रत्येक अणु अति सूक्ष्म कणों से बनता है जिसे "परमाणु" कहते हैं। परमाणु से भी सूक्ष्म को न्यूट्रान, ईलेक्ट्रान, और प्रोटान कहते। इलेक्ट्रान (-) आवेश, प्रोटान (+) आवेश तथा न्यूट्रान आवेश रहित होता है।

हमारा अध्यात्म भी इसकी पुष्टि करता है कि -दो परमाणु मिलकर एक अणु बनाते हैं। और तीन अणुओं के मिलन से त्रसरेणु बनता है। सूर्य की किरणों के प्रकाश में झरोखे से जो उड़ता कण दिखता है वह त्रसरेणु ही है। इस संदर्भ को यहाँ लाने का हमारा उद्देश्य सिर्फ यह है कि हमें जानकारी

होनी चाहिए कि आधार भूत तत्व कौन हैं जिससे प्रत्येक वस्तु निर्मित होते हैं। विश्वास होना चाहिए कि हमारे ऋषि महान वैज्ञानिक थे और उनके द्वारा किए गये अनेक शोध अभी हमारी पहुँच बहुत दूर है।

न्यूट्रान, प्रोटान आकाश के नक्षत्र, ग्रह पृथ्वी से उनकी दूरी, समय की गणना आदि सब तो पहले का ही खोज है। सूर्य ग्रहण चंद्र ग्रहण का सटीक समय बहुत वर्ष पहले का खोजा हुआ है जो आज भी सही है।

आयुर्वेद विज्ञान आज भी अपेक्षाकृत ज्यादे भरोसेमंद हैं क्योंकि वनस्पतियों पर आधारित होने की वजह से इनका कोई कुप्रभाव नहीं है और निदान भी हो जाता है। इसी तरह सभी विषय वस्तुएं हमारे धर्म ग्रन्थों में पहले से मौजूद हैं। क्या मिसाइल या बम पहले नहीं थे। क्या खगोलीय गणना पहले नहीं थी? परिवर्तन है तो सिर्फ नाम का।

मैं तो मानता हूँ कि मनोविज्ञान आज की अपेक्षा ज्यादा विकसित था। हमनें श्री रामकृष्ण परमहंस जी के उदाहरण से बताया है कि किसी के मन में क्या है इसे आप दस दिनों के अभ्यास से ही जान सकते हैं। किसी वस्तु के गुण धर्म प्रवृत्ति की खोज आज की कोई नयी खोज नहीं है। जब एक छोटी सी चींटी वर्षा की भविष्यवाणी कर सकती है एक जानवर तूफान आने का खतरा बता सकता है तो हम क्यों न विश्वास करें कि हमारे अंतरमन में पूरा ब्रह्माण्ड समाया है।

आप भी शरीर से हट कर यदि जिज्ञासु बन कर स्वयं (आत्मा) को जानने और समझने की कोशिश करेंगे तो कभी कपोल कल्पना नहीं कह पाएँगे। जिसे आप कपोल कल्पना समझते हैं वह भी हमारे मन का ही विचार है। हमारी पहुँच केवल अपनी बाह्य इन्द्रियों तक है। हम उसी को सच मानते हैं जो इन्द्रियां हमें दिखाती और बताती हैं पर इसके आगे कुछ नहीं है ऐसा सोचकर किसी चीज को कपोल कल्पित कहना हमारी अदूरदर्शिता का

परिचायक है क्योंकि बाह्य इन्द्रियां भी तब तक सक्रिय नहीं होती जबतक अंतरमन का सहयोग न हो।

मान लेते हैं हमारी आँखें एक किलोमीटर का दृश्य देख सकती हैं तो क्या इसके आगे गाँव, पेड़ पौधे जीव जन्तु कुछ नहीं है? शंका का कोई इलाज नहीं है। कहीं न कहीं हमें मानना पड़ता है। विश्वास करना पड़ता है।

आपका एक मित्र अमेरिका में बैठा है। आप उसके विषय में सोचते हैं भले ही आप की आँखे बंद हों उसका चेहरा आप के सामने आ जाएगा और आप थोड़ी आध्यात्मिक उन्नति कर लेगे तो उसकी आत्मा भी आप की आत्मा से जुड़ जाएगी और आत्मा का संदेश आत्मा तक पहुँच जाएगा। एक आत्मा से दूसरी आत्मा में शक्ति का संचार होता है। इसका दो उदाहरण एक माँ के लिए स्वप्न तथा दूसरा राव साहब का पूर्व में दिया है।

एक चित्रकार ने अपनी कल्पना से कृष्ण या राम का एक चित्र बनाया। हमनें न राम को देखा है न कृष्ण को पर अपनी आस्था कायम करने हेतु हम मान लेते हैं कि यहीं भगवान हैं। इसलिए किसी चीज को बिना जाने कोरी बकवास कहने से बचना चाहिए भले ही वह आपके विचारों से मेंल न खाता हो।

देवरहा बाबा को तो बहुत लोग जानते होंगे। मुझे उनके दर्शन की अभिलाषा थी। संयोगवश एक दिन देवरिया जाना हुआ। वहाँ से करीब चालीस किलोमीटर की दूरी पर मईल चौराहे के पास उनका आश्रम था। सुबह करीब नौ बजे मैं पत्नी के साथ अपनी गाड़ी से वहाँ पहुँच गया। पता करने पर मालूम पड़ा कि बाबा जी मंच पर 10-11 के बीच आते हैं।

वही नीम के पेड़ के नीचे बैठकर हम लोग इन्तजार करने लगे। मुश्किल से दस मिनट भी नहीं बीते होंगे की बाबा जी मंच पर आकर हमें आवाज दी। हम लोग जाकर नमस्कार किए। मुझसे साष्टांग प्रणाम करने को

कहा। संक्षिप्त वार्तालाप के बाद उन्होंने एक भक्त से प्रसाद दिलवाया और जाने को कहा।

हम लोग प्रसाद लेकर पुनः उसी पेड़ के नीचे बैठकर प्रसाद खाने लगे। बाबा जी ने फिर बुलाया और थोड़ी रूखी आवाज में कहा मैंने तुम्हें जाने के लिये कहा था न बच्चा। जाओं फौरन यह स्थान छोड़ो और रास्ते में कहीं रुकना नहीं।

वहाँ से चल तो दिए पर मन में बाबा जी के विषय में कुछ ऐसे कुविचार उभरे कि उनके प्रति आस्था की जगह गुस्से ने लेली। भाव आने लगा कि ये संत के लक्षण तो नहीं हो सकते? अनायास भगा दिया कुछ देर और वहाँ रुकता तो उनका क्या चला जाता। खैर कुढ़ते खीज निकालते देवरिया आ गया। वहाँ मेरे एक मित्र रहते थे इसलिए तय हुआ कि उनके यहाँ खाना खाकर शाम को हमलोग गोरख पुर को निकलेगे।

ज्यो ही मित्र के घर की तरफ मुड़े। काले घने बादलों की वजह से अंधेरा छाने लगा। श्रीमती जी तो गाड़ी से उतर कर मित्र के घर के अंदर चलीं गई पर मैं जब तक गाड़ी पार्क करके बंद करता बहुत तेज आँधी पानी आ गया। मैं बुरी तरह भीग गया। जब कपड़े बदल कर सारी चीजें शातं मन से सोचने लगा तब समझ में आया बाबा वहाँ से जाने के लिए क्यो कहा? आँधी पानी की वजह से इतने पेड़ धराशायी हो गये थे कि मैं दूसरे दिन शाम को किसी तरह गोरखपुर के लिए निकल पाया।

मैं तो इस घटना को यहीं मानूँगा कि अंतर्यामी बाबा को आँधी पानी का पहले एहसास हो गया था इसी वजह असमय मंच पर आकर दर्शन आशीर्वाद देकर वहाँ से जल्दी निकल जाने को कहा पर मेरा कुटिल मन कुछ और ही सोच बैठा था। एक बात और कहना चाहूँगा कि किसी एक खास रोग के निदान हेतु यदि आप किसी बायोकेमिक के पास जाएंगे तो वह

वात, पित्त, कफ को आधार मानकर दवा देगा, किसी वैद्य के पास जाएंगे तो वह नाड़ी के आधार पर दवा लिखेगा और किसी डाक्टर के पास जाएंगे तो वह कई परीक्षण कराकर दवा लिखेगा। उद्देश्य सबका एक है मर्ज का सही पकड़ करना और निरोग करना।

जब चित्त में उद्वेग नहीं रहेगा वासना या प्रवृत्ति कार्य के निर्णायक नहीं होंगे तो संशय और भ्रम की स्थिति नहीं रहेगी। शास्त्र में स्थूल विचारों को मनन, सूक्ष्म विचारों को ध्यान कहने का मतलब यहीं है। एक ही विचार को प्रथम स्तर पर श्रवण, दूसरे स्तर पर मनन और तीसरे स्तर को ध्यान कहते हैं।

पहले यह सारा विश्व भगवान की माया से लीन होकर ब्रह्म रूप में स्थित था। जगत जैसा था वैसा है और वैसा ही रहेगा। प्रलय के समय पृथ्वी जल में जल अग्नि में, अग्नि वायु में वायु महतत्व विलीन हो जाती है। सृष्टि के -10 प्रकार है- जिसमें पंच महाभूतों (पृथ्वी जल वायु तेज और आकाश) से लेकर पेड़ पौधे, पशु पक्षी इन्द्रियों आदि सब शामिल हैं।

इन्द्रियों की सृष्टि ज्ञान एवं क्रिया शक्ति से सम्पन्न है। वनस्पतियों में ज्ञान नहीं होता। स्पर्श का अनुभव करते हैं। पशु पक्षियों में काल का ज्ञान नहीं होता। केवल भूख, भय, निद्रा और मैंथुन की जानकारी होती है। इनमें विचार शक्ति या दूरदर्शिता नहीं होती केवल सूंघने मात्र से वस्तुओं का ज्ञान होता है।

मनुष्य ही एक ऐसा प्राणी है जिसे ज्ञान है। सोचने समझने की शक्ति है। जिज्ञासा है लालसा है। वह समझ सकता है कि वह स्वयं क्या है? उसका गंतव्य क्या है? उसे क्या करना चाहिए क्या नहीं करना चाहिए। वस्तुतः जीव विभिन्न कर्मों का कर्ता नहीं है। उसे बाध्य होकर कर्म करना पड़ता है क्योंकि वह विशेष प्रकार के शरीर में स्थित रहता है। जिसका

संचालन प्रकृति का गुण करता है। परमेश्वर परमात्मा के रूप में प्रत्येक जीव में स्थित हैं और उन्हीं के कारण सारे कर्म प्रेरित होते हैं। स्वप्न भी आत्मा की ही प्रेरणा है।

जीव अपने विगत की सारी बात भूल जाता है लेकिन उन्हें परमेश्वर के निर्देशानुसार कर्म करना पड़ता है। परमात्मा ही उसके कर्मों का साक्षी है। एत एव वह अपने विगत कर्मों के अनुसार कार्य करना प्रारंभ करता है।इसके लिए उसे आवश्यक ज्ञान एवं स्मृति प्रदान प्रदान की जाती है लेकिन वह विगत जीवन को भूलता रहता है। उसके विगत जीवन के कर्म, स्वभाव आदि का ध्यान दिलाने हेतु भी सपने आते हैं।

मोह (अज्ञान) ही सभी रोगों की जड़ है

स्वप्न हमारे मन की इच्छाओं, भावनाओं, अनुभूतियों, अपूर्ण वासनाओं आदि के समाधान में भी मददगार होते हैं। स्वप्न एक ऐसा दर्पण है जिसकी वजह से हमें अपनी बहुत सी मानसिक बीमारियों का पता चलता है जो दुख काल, कर्म, गुण, दोष, स्वभाव एवं अज्ञानता आदि से उत्पन्न होती हैं।

वैसे देखा जाय तो संसार में सभी जीव ही रोगी हैं जो शोक, हर्ष, भय, प्रीति और वियोग के दुख से दुखी रहते हैं। जैसा हम जागृत अवस्था में महसूस करते है उसी प्रकार इन रोगों को हम स्वप्नावस्था में भी देखते और महसूस करते हैं। फर्क सिर्फ इतना है कि जागृत में बाह्य इन्द्रियां काम करती हैं और स्वप्नावस्था में अंतेन्द्रियाँ। स्वप्नावस्था में भी भयानक सपने देखने के बाद घिग्घी बध जाती है और हम कुछ कहना चाहकर भी बोल नहीं पाते। सारे मानसिक रोगों की उत्पत्ति मन से ही हैं।

मनुष्य का जैसा विचार होता है वह वैसा ही बन जाता है। किसी ज्योतिषी ने एक बार एक सज्जन के मन में वहम भर दिया कि दो साल बाद वह लकवे (paralysis) का शिकार हो जाएगा। उसके अज्ञात चेतना में यह बात घर कर गयी। दो वर्ष के आते ही उसे लगने लगा कि उसके हाथ पाँव शून्य होते जा रहे हैं। डाक्टर ने विस्तृत विवरण जानकर उसका वहम निकाला।

वर्तमान में लाखों लोग मानसिक रोग से पीड़ित हैं जैसे - वहम, उत्तेजना, निराशा, उद्वेग, विभ्रम, अति चिंता, हिस्टीरिया, आत्मग्लानि, आत्म हीनता, सनक, भय आदि। भयानक डरावने स्वप्न इन बीमारियों की वजह से भी आते हैं। स्वप्नों को भलीभांति समझ लिया जाय तो ऐसे रोगों से छुटकारा पाने में आसानी हो जाती है।

भय से उत्पन्न हुए एक सपने का जिक्र करता हूँ जो हमारे मित्र के पूरे परिवार को पाँच साल तक परेशान करता रहा। मित्र की लड़की कक्षा नौ में साइंस की छात्रा थी। अट्ठाईस दिसम्बर को भोर में चार बजे एक सपना आया कि जैसे कोई एक बदसूरत आदमीं उससे कह रहा हो अब तुम्हारी जिन्दगी बस पाँच साल की है। पाँच साल बाद मैं तुम्हें ले जाऊँगा। भय के मारे डरी सहमी- लड़की की चीख सुनकर माँ बाप जब उसके विस्तर के पास गये तो माँ से चिपक कर वह जोर जोर से रोने लगी। दिसम्बर जैसे जाड़े के महीने में वह पसीने से तर बतर थी। ढाढ़स के बावजूद भी उसका डर खतम नहीं हुआ था। मम्मी से बोली मम्मी वह मुझे मार डालेगा। बड़ी मुश्किल से उसे शांत कराया जा सका। स्वप्न समझ कर सब इसे जल्द ही भूल गये।

अगले साल फिर 28 दिसम्बर को ठीक चार बजे भोर में वही सपना आया। हँसते हुए उस आदमी ने कहा अब तुम्हारी उम्र सिर्फ चार साल है। ठीक चार साल बाद मैं आकर तुम्हें ले जाऊँगा। डर के मारे भयभीत वह

बच्ची माँ के पास आकर सुबकने लगी। परिवार के सभी लोग इस घटना से बहुत दुखी हुए।

मित्र ने मुझे भी इस विषय में बताया और राय मांगी। परिवार की चिंता से मैं भी चिंतित था कि आखिर ठीक उसी दिन उसी समय ऐसा सपना क्यों आया। बच्ची के भावुकता भरे चेहरे को देख मैं भी व्यथित हो उठा था। तय कर हमलोग एक मनोचिकित्सक के पास गये। उन्होंने कहा ऐसा हो जाता है। घबराने जैसी कोई बात नहीं। उनका इलाज चलता रहा साथ ही पंडित जी के बताने के अनुसार तथा तान्त्रिक के कहने के अनुसार भी वैसे कार्य किए गये।

सभी निश्चिंत हो गये। इलाज चलता रहा पर पुनः तीसरे साल उसी दिन उसी समय पुनः ही वैसा सपना आया कि अब तुम्हारी उम्र बस दो साल की है। अब तो सभी की बेचैनी बढ़नी स्वाभाविक थी। मित्र ने वह सब पहले ही किया था जैसा लोगों ने बताया था यानी रुद्राभिषेक से लेकर झाड़ फूंक वैद्य तांत्रिक सबसे सम्पर्क किया था। परन्तु जब तीसरे साल भी वैसा ही सपना उसी दिन समय पर आया तो सबका मन अनहोनी से डर गया पर ईश्वर पर छोड़ने के अलावा और किया क्या जा सकता था?

मन में एक डर और बैठ गया कि डर के मारे बिटिया को दिल का दौरा न पड़ जाय। चौथे साल की 28 तारीख को मित्र ने पूरी कोशिश की कि बच्ची को कुछ याद न रहे। घूमना फिरना, फिल्म देखना सब कुछ हुआ और खाना खाकर सब लोग एक साथ सो गये। मित्र एवं उनकी पत्नी सोने का बहाना कर जागते रहे उनकी आँखों में नींद कहाँ?

चार बजे भोर में बच्ची थोड़ी हडबड़ाहट के साथ उठी और बताया कि सपने में एक सफेद कुर्ता पहनें बाबा जी दिखे जो कह गये कि चिंता न करो सब ठीक हो जाएगा। थोडी तसल्ली जरूर हुई पर अगले वर्ष लोगों की

घबराहट दिसम्बर शुरू होते ही बढ़ने लगी। अब दूसरी चिंता पनप गई थी कि कहीं दिल का दौरा न पड़ जाय?

पाँचवे साल की 28 तारीख को जो कुछ सावधानी बरती जा सकती थी, बरती गई। बच्चों को छोड़ किसी को नींद कहाँ आने वाली थी? बच्ची को खैर नींद आ गई पर माँ बाप कुछ देर बाद जा कर देख लेते थे कि उसकी साँस चल रही है या नहीं। घड़ी की सुई ज्यों चार बजाई मम्मी बच्ची के पास खड़ी होकर एक एक साँस गिनती रही। साढ़े चार बजे बच्ची चहकती हुई उठी और बोली पापा, मम्मी हम बच गये। सफेद कुर्ता वाले बाबा के डर से इस बार वह दुष्ट आदमी नहीं आया।

ऐसा भयंकर सपना क्यों आया? कई वर्षों तक मुझे परेशान करता रहा पर मुझे लगता था कि इसके पीछे कुछ न कुछ भय का कारण होना चाहिए। प्राप्त जानकारियों के आधार पर मैं जो निष्कर्ष निकाल पाया वह यह है कि एक दुष्ट लड़का कोचिंग क्लास में परेशान करता था जिसके कारण उसने कोचिंग भी छोड़ दी थी। उसी ने धमका दिया था कि चार पाँच साल के अंदर वह उसे उठवा लेगा। हालाँकि उसके बाद वह लड़का कभी दिखा भी नहीं पर अचेतन मन में यह भय अवश्य घर कर लिया होगा।

वर्तमान में लोगों का मन थोड़ा धार्मिक ग्रंथों से दूर होता जा रहा है अन्यथा हर मर्ज और उसका जड़ से इलाज सब कुछ उनमें है। मानस में गोस्वामीजी ने लिखा है - **अज्ञान (मोह) ही सब रोगों की जड़ है। मोह सकल ब्याधिन्ह कर मूला।** जागृत, स्वप्न और सुसुप्ति अवस्था सतोगुण रजोगुण, तमोगुण से प्रभावित हैं। काम वात है, लोभ कफ हैं और पित्त हमेशा छाती जलाता रहता है और तीनों मिल जाए तो सन्निपात हो जाता है।

ममता दाद है। ईर्ष्या - खुजली रोग, हर्ष विषाद - कंठमाला या घेघा रोग, दूसरे से जलना- क्षय रोग, दुष्टता मन की कुटिलता -कोढ़ रोग, अहंकार - गांठ रोग, दंभ कपट मद और मान - नसों का रोग, तृष्णा - जलोदर है।

एहि विधि सकल जीव जग रोगी। सोक हरष भय प्रीति वियोगी ।।

हमारा शारीरिक स्वास्थ्य बहुत सीमा तक मानसिक स्थितियों पर निर्भर करता है। तनाव का स्वास्थ्य पर बहुत विपरीत असर पड़ता है। आयुर्वेद शारीरिक स्वास्थ्य के लिए मन की शुद्धता पर विशेष ध्यान देता है। वर्तमान शोध से भी यह निष्कर्ष निकलता है कि आसन प्राणायाम से शरीर स्वस्थ्य रहता है। मन के भटकाव को हमेशा श्रवण मनन ध्यान से रोकने की कोशिश करते रहना चाहिए। मन की स्थिरता से मानसिक रोगों में कमी होगी और जितना मन स्वच्छ होता जाएगा सपने भी कम ही आयेंगे।

Kendra Cherry के अनुसार सपने चित्ताकर्षक, रोमांचक, भयानक, डरावने आदि प्रकार के होते हैं। ज्यादातर सपने नकारात्मक प्रवृत्ति एवं भय वाले होते हैं।

भय मनुष्य का सबसे बड़ा दुश्मन है। भय के अनेक कारण होते है।कुछ प्रमुख कारण भर्तृहरि जी के इस श्लोक से जानें –

भोगे रोग भयं कुले च्युति भयं वित्ते नृपालाद्भयम्
माने दैन्य भयं बले रिपु भयं रूपे जराया भयं
शास्त्रे वादि भयं गुणे खल भयं काये कृतान्ताभ्दयं
सर्व वस्तु भयान्वितं भुवि नृणां वैराग्यमेंवाभयम्

- वैराग्य शतकम -31

भोग में रोग का भय, कुलीनता में पदच्च्युत का भय। धनी को बलात हड़पने वालों का भय, सम्मान में दीनता का भय, बल को दुश्मन का भय, रूप को बुढ़ापे का भय, शास्त्रज्ञ को वादि भय, गुणी को खल भय, काया को मृत्यु का भय है। इस संसार में सभी भयाक्रांत है। अभय का एक मात्र आधार है वैराग्य। चिंता एवं भय दो मनुष्य के सबसे बड़े दुश्मन हैं और स्वप्न के भी मुख्य कारणों में से यहीं हैं। भय के उदाहरण हेतु एक दूसरी सत्य कहानी बताता हूँ।

मिडिल स्कूल में रात को बच्चों को पढ़ाने हेतु स्कूल में टिकाया जाता था। घर से खाना खाकर हम दो लड़के शाम को घर से करीब डेढ़ किलोमीटर पैदल ही जाते थे। एक दिन मुझे अकेले जाना पड़ा। थोड़ा देर भी हो गयी थी। रास्ते में एक तालाब पड़ता है। जब मैं तालाब के नजदीक पहुँचा तो लगा कि चार पाँच औरतें सफेद साड़ी पहनें तालाब पर खड़ी आपस में कुछ बात कर रही हैं। अंधेरे की वजह से उनका चेहरा नहीं दिख रहा था पर घूमते या थोड़ा इधर उधर करते दिख रही थी। मेरे मन में डर समा गया और जब पानी में कुछ गिरने की आवाज आई तो घबराहट और डर और बढ़ गया।

कुछ दिन पहले बुजुर्गों की चर्चा में सुना था कि इस तालाब में दो लड़कियां डूबकर मर गईं। उनका एकाएक ध्यान आते ही थर थर कांपने लगा। डर के मारे हाथ की लाठी और टार्च छूट गई। बड़ी मुश्किल से झुककर किसी तरह उठा कर पीछे को भागा। कहीं कोई दिखलायी नहीं दिया। फिर मन में विचार आया कि औरतें ही तो हैं क्या बिगाड़ लेंगी? इधर से तो रोज ही जाना आना पड़ेगा। चल कर देखते हैं।

हिम्मत करके धीरे धीरे तालाब की तरफ टार्च जलाए बढ़ता गया। पानी में कुछ गिरने की आवाज अब भी आ रही थी औरतों की आकृतियाँ अब भी दिखाई दे रही थी पर अपने जगह स्थिर थी।

थोड़ा और नजदीक जाने पर आकृतियाँ गायब थी और चार पाँच छोटी बबूल की झाड़ियां दिखी। थोड़ी हिम्मत बढ़ी तो तालाब के बिल्कुल नजदीक जाने पर पता चला कि कुछ बड़ी मछलियाँ पानी में उछल कूद कर रही हैं। अब भय तो जाता रहा पर आगे बढ़ते समय मन में हमेशा ऐसा लगता रहा जैसे मेरे पीछे कोई चल रहा हे। एक दो बार पीछे मुड़कर देखा कोई न दिखा तो मन में विश्वास जगा कि सब मन का भ्रम था।

कुछ इधर उधर की

विश्व ब्रह्माण्ड

पूरे ब्रह्माण्ड की रचना परमाणु और उर्जा (शक्ति) से हुई है। दार्शनिकों के अनुसार जीव, जगत और जगदीश्वर के अलावा और कुछ भी नहीं है। ये तीनों परस्पर साक्षेप हैं। एक दूसरे का आश्रय करके ही इनका परिचय मिल सकता है।

जगत और ईश्वर के सम्पर्क में ही जीव का परिचय होता है। जीव और ईश्वर के सम्पर्क में जगत का परिचय होता है और जीव जगत के संपर्क में ईश्वर का परिचय होता है। इस सम्पर्क के बिना किसी का न परिचय दे पाना संभव है न ही सोच पाना।

जीव "मैं" या "अहम्" से जाना जाता है। अहम् ही कर्ता भोक्ता, ज्ञाता, श्रोता, दृष्टा सब है। कर्म भोग, ज्ञान दर्शन, श्रवण, मनन आदि कार्यों की धारणा में आश्रय रूप में 'मैं' आवश्यक हो जाता है। चैतन्य के बिना कोई कर्म हो ही नहीं सकता। अहम या मैं ही चैतन्य जीव है।

विषय के बिना कर्म, भोग, ज्ञान, दर्शन, श्रवण, मनन आदि की कल्पना ही नहीं की जा सकती। कर्म होने में कार्य आवश्यक है। दर्शन, श्रवण, मनन आदि में दृश्य, श्रव्य, गंतब्य आदि आवश्यक है। यहीं विषय राज्य ही जगत है।

जीव चेतन है जगत जड़ है। जीव प्रकाशक है जगत प्रकाश्य है। जीव स्थिर है जगत परिवर्तन शील है। आश्रय (जीव) और विषय (जगत) के परस्पर संबंध में ही दोनों का परिचय मिलता है। जीव के संबंध के बिना जगत की धारणा नहीं हो सकती और जगत के बिना जीव की धारणा नहीं हो सकती।

असंख्य चेतन जीव (अहम्) और असंख्य जड़ विषय जगत् (इदम्) को लेकर ही यह विश्व ब्रह्माण्ड है। यह विश्व ब्रह्माण्ड जिसका आश्रय लेकर विद्यमान रहता है तथा जिसके द्वारा नियंत्रित रहता है और अंत में जिसमें विलीन हो जाता है ऐसा परम पुरुष परमात्मा (तत्) या ईश्वर है। इस प्रकार जीव जगत् और जगदीश्वर अहं, इदं, तत् एक दू सरे के नित्य संपर्क में रहते हैं।

अब तत् यानी ईश्वर को आप किसी नाम से भी पुकारे उस शक्ति (उर्जा) के गुणों का ही बोध होता है। जैसे यदि हम उसे दीनबंधु कहें तो वह दीन दुखियों का भाई हुआ। रूप अनेक है पर स्वरूप एक है। भगवान और जीव का चिरन्तन संबंध है। भगवान उपास्य हैं तो जीव उपासक, वह आश्रय हैं तो जीव आश्रित, ईश्वर मालिक है तो जीव दास।

ईश्वर की माया शक्ति के दो रूप है - विद्या और अविद्या शक्ति। अविद्या शक्ति जगत प्रपंच में उलझाने वाली है तो विद्या शक्ति जगत प्रपंचों से मुक्ति दिलाने वाली। अनादि काल से ये दोनों शक्तियाँ साथ साथ एक दूसरे का आलिंगन करते हुए चलती हैं जब कि हैं एक दूसरे के बिलकुल विपरीत।

यदि अंधकार है तो प्रकाश भी, हिंसा है तो प्रेम भी, रात है तो दिन भी, गरमी है तो सर्दी भी। प्रेम है तो घृणा भी, असुर है यो सुर भी, देव हैं तो दानव भी, भोग है तो त्याग भी। स्वार्थ है तो परोपकार भी। इसीलिए कहा जाता है कि सिक्के के दो पहलू होते हैं। यदि ये दोनों शक्तियाँ न रहें तो सृष्टि का विकास होगा ही नहीं। इसीलिए सृजन और विनाश दोनों आवश्यक हैं।

श्रीमद्भागवत में भगवान श्री कृष्ण उद्धव से कहते हैं -हे उद्धव विद्या और अविद्या मेरी ही दो शक्तियाँ हैं। विद्या मोक्षदायिनी और अविद्या बंधन कारिणी है। अविद्या से मनुष्य ईश्वर से दूर हो जाता है और विद्या से ईश्वर के निकट। यहीं कारण है कि इसका ज्ञान कराने वाले गुरु को ईश्वर से श्रेष्ठ कहा जाता है।

इन दोनों शक्तियो में चुनाव करने के लिए मनुष्य स्वतंत्र है। आसुरी शक्ति से दुख कष्ट असंतोष चिंता मिलेगी तो दैवीय शक्ति से सुख संतोष निश्चिन्ता। दो मार्ग सामने हैं। ज्ञानियो ने इन्हें “प्रेय” और “श्रेय” मार्ग कहा है। प्रेय में भौतिकता और इन्द्रिय सुख है जिसे दुख ही कहना चाहिए तथा असंतोष और अंधकार है। और श्रेय मार्ग में सुख है आनंद है संतोष है प्रकाश है ईश्वर से साक्षात्कार है। मर्जी आपकी।

अर्थ शास्त्र में अक्सर एक बहस होती है कि मनुष्य अपनी इच्छाओं को बढ़ा कर सुखी रह सकता है या घटाकर? दोनों पक्षों के अलग अलग तर्क हैं इसीलिए इसका निर्णय भी बहुत मुश्किल है। एक उदाहरण देते हैं –

केशव जी एक आफिस में बड़े बाबू थे। परिवार में पत्नी तथा दो बच्चे एक लड़का और एक लड़की थी। लड़का कक्षा सात में तथा लड़की कक्षा तीन में अच्छे स्कूल में पढ़ती थी। आफिस से चार किलोमीटर पर एक अच्छा रहने लायक मकान किराये पर ले रखा था। वेतन इतना मिल जाता था कि सब खर्च के बाद कुछ बच जाता था। साइकिल से आफिस जाते आते थे। आने के बाद परिवार में आनंद पूर्वक टाइम बीत जाता था।

उन्हीं के पड़ोस में दो साल बाद एक सज्जन आये। वे भी कहीं क्लर्क थे। उनके पास मोटर साइकिल थी। बच्चों को उसी से स्कूल छोड़ते फिर आफिस जाते। कई अन्य साधन भी थे। देखा देखी मोटर साइकिल तथा अन्य सामान खरीदने से बजट बिगड़ गया और चिंता घर करती गई। गनीमत रही कि संस्कार अच्छे होने के नाते कुपथ्य पर नहीं गये पर अनेक कटौतियाँ करनी पड़ी। पडोसी की असलियत तब सामने आई जब घूसखोरी के चक्कर में पुलिस पहुँची।

इच्छा के अनेक रूप हैं - वासना, तृष्णा कामना, आशा। मन को जितना ढीला छोड़ा जाएगा उतनी ही इनकी वृद्धि होगी क्यों कि ये असीमित और अनंत होती हैं। इसी नाते मानस में कहा गया है - **बिनु संतोष न काम नसाही। काम अछत सुख सपनेहुँ नाही**। धर्म ग्रन्थ हमें सत्य की राह ले जाते हैं पर भौतिक सुख की लालच में हम उधर देखना नहीं चाहते।

विवेकानंद जी ने कहा है सच्चा धर्म सदैव भावनात्मक और रचनात्मक है। अभावात्मक या ध्वंसात्मक नहीं पर पाखंडी धर्म के मूल तत्व पर ही धूल झोंकते जा रहें हैं जिससे शंका उत्पन्न होना स्वाभाविक है।

हमारा अपना वास्तविक रूप सरोवर की तली जैसा है। अपने वास्तविक स्वरूप की झलक तभी मिल सकती है जब मन की तरंगें शांत हो और मन की सारी गंदगी साफ हो जाय।

इसीलिए गोस्वामी जी ने मानस में लिखा है –

निरमल मन जन सो मोहि पावा। मोहि कपट झल छिद्र न भावा।।

कपट, छल, मोह,लोभ सब मन के विकार हैं। इन्हीं की वजह से मन रूपी सरोवर में हमेशा गंदगी भरती रहती हैं और चिता रूपी तरंगें उठती रहती हैं।

बिना मन की एकाग्रता के कुछ भी पाना संभव नहीं है। यदि सासारिक भोग वस्तुओं की प्राप्ति करनी है तो मन के भटकाव को रोक कर किसी एक ध्येय पर मन को टिकाना ही पड़ेगा। **"एकहि साधे सब सधे सब साधे सब जाय"** यह पुरानी कहावत है पर इसका मतलब यहीं है कि भटकाव से किसी इच्छित वस्तु की न प्राप्ति हुई है न कभी होगी।

उदाहरणस्वरूप एक टार्च लीजिए जब तक इसका फोकस सही नहीं होगा इसकी रोशनी फैली नजर आयेगी और बीच के स्थान में भी अंधेरा दिखेगा। जब आप ऊपर या नीचे के ढक्कन को थोड़ा इधर उधर कर इसका फोकस ठीक कर देते हैं तो रोशनी का बिखराव समाप्त हो जाता है और यह एक केन्द्र बिन्दु पर ही पड़ती है जिससे आप इक्षित वस्तु को साफ साफ देख पाते हैं।

मन को एक केन्द्र बिन्दु पर टिका पाना इसके चंचल स्वभाव के नाते कठिन जरूर है पर नामुमकिन नहीं। जब मन पर रोक लग जाएगी फिर यह आपके पूर्णतः बस में होकर जिसे देखना, सुनना, अनुभव करना चाहेंगे वह उसी प्रकार की प्रतिक्रिया देगा।

जब स्वयं के स्वरूप को पहचान जाएंगे तो ब्रह्माण्ड के सभी आत्माओं के भूत भविष्य वर्तमान की जानकारी प्राप्त करने में सक्षम हो जाएंगे यहाँ तक कि ईश्वर का भी साक्षात्कार संभव हो जाएगा।

जब तक मन की उड़ान पर अंकुश नहीं लगेगा संसार के सारे पवित्र तीर्थ स्थानों में घूम आइये, मंदिर मठों में हो आये या चौबीसों घंटे पूजा पाठ में बिता डालें पर हासिल कुछ नहीं होगा? खान पान आचरण सुधारने से मन की मलिनता पर अंकुश लगेगा फिर योग प्राणायाम के जरिए मन की चंचलता पर अंकुश।

योग के विषय में स्वामी विवेकानंद जी ने बहुत सरल विधि बताई है–

1- अज्ञान, चंचलता, ईर्ष्या, आलस्य, अतिशय आसक्ति ये योग सिद्ध के महान शत्रु हैं इनसे बचने की जरूरत है।

2 - मन को पतन की ओर धकेलने वाली जितनी भी शारीरिक और मानसिक दुर्बलताएं है उनका परित्याग आवश्यक है।

3 - धैर्य - एक दिन में सबकुछ हासिल नहीं हो जाता। धैर्य धारण करने की आवश्यकता है। शुरूआत में अनेक तरह के दृश्य दिखाई पड़ेंगे पर प्रगति के साथ एक एक कर सब अदृश्य हो जाएगे। साई बाबा ने भी दो शब्द श्रद्धा और सबुरी (धैर्य) पर विशेष जोर दिया है।

4 - लगन - सुख दुख, स्वास्थ्य अस्वास्थ्य सभी दशाओं में साधना एक दिन भी नहीं छूटना चाहिए।

मोटे तौर पर किसी को आपके कर्म वाणी से दुख नहीं पहुँचना चाहिए। जैसा हम दूसरे से अपेक्षा रखते है वैसा ही व्यवहार हमें भी करना चाहिए। आप चाहते हैं कि आप को कोई बुरा न कहे गाली न दे तो आपको भी किसी को न गाली देना चाहिए न बुरा व्यवहार करना चाहिए। विज्ञान का नियम है हर क्रिया की प्रक्रिया होती है। भगवान गौतमबुद्ध जी ने कहा है भला बनो भला करो।

ज्यों ज्यों मन में निर्मलता आयेगी विचारों में शुद्धता आयेगी आत्मा स्वयं सपनों के माध्यम से सहयोग करती नजर आयेगी। विश्वास स्वयं के अनुभव से ही होगा

सारांश

अब स्वप्न लोक से यात्रा की वापसी करनी होगी। वापसी के पहले पुनः संक्षेप में इस लोक की समीक्षा कर लेते हैं। कोई ऐसा मनुष्य नहीं है जो स्वप्न न देखता हो। ऐसा शोधकर्ताओं का भी मानना है।

आधुनिक मनोविज्ञान के अनुसार सोते समय की चेतना की अनुभूति को स्वप्न कहते हैं।

प्रसिद्ध दार्शनिक (Hippo) हिप्पोक्रेट्स के अनुसार निद्रा में आत्मा शरीर से अलग होकर विचरण करती है।

अनुसंधान के संकेत के अनुसार सपनों के दौरान प्रस्तुत उत्तेजना भावनात्मक सामग्री को प्रभावित कर सकती है।

शोधकर्ताओं को कई ऐसे साक्ष्य मिले जो भविष्य की घटनाओं की भविष्यवाणी किए। 42 % लोगों का मानना है कि उनके देखें सपने सच हुए।

स्वप्न अर्थ हीन नहीं होते। निश्चय ही उनका अर्थ और लक्ष्य होता है।

दृष्टा और दृश्य का अनुसंधान करने वाली शक्ति ही कार्य करण रूपी माया है। आत्मा से दूसरी आत्मा में शक्ति का संचार होता है। Frieud के अनुसार मनुष्य मन के चेतन, अचेतन एवं अवचेतन तीन भाग होते हैं। मन की एकाग्रता से ही सबकुछ जाना जा सकता है। मनुष्य अपनी एक आत्मा को जान जाय तो वह भूत भविष्य वर्तमान सभी आत्माओं को जान जायेगा।

आहार का भी प्रभाव मन पर पड़ता है। अस्वाभाविक उत्तेजना उत्पन्न होती है और अपवित्र भाव उत्पन्न होते हैं। अधिकतर सपने उसी

को प्रतिबिम्बित करते हैं जो आपके मस्तिष्क में होते हैं ।सपनों के विषयों में टेलीविजन, चलचित्र किताबों का प्रभाव दिख सकता है।

योग सूत्र के अनुसार जब व्यक्ति चेतना से अवचेतनावस्था में प्रविष्ट होता है तो चेतन और अचेतन की सम्मिलित प्रक्रिया से मनुष्य अवचेतन स्थिति में चला जाता है।इसी को अपनी शारीरिक एवं मानसिक प्रवृत्तियों के अनुरूप निद्रा में जो दृश्य देखता है उन्ही को स्वप्न कहते हैं।

विज्ञान के अनुसार संपूर्ण ब्रह्माण्ड में जो भी है वह द्रव्य और उर्जा (matter & energy) का संगम है। समस्त दृश्य और अदृश्य इन्हीं दोनों के संयोग से घटित होता है।

स्वप्नावस्था में मन अपनी विभूति का अनुभव करता है। जागृत अवस्था में जो देखा हुआ, सुना हुआ या अनुभव किया होता है उसे देखता है एवं बिना देखें, बिना सुने हुए तथा बिना अनुभव किए तथा सत् असत् सभी पदार्थों को देखता है। - प्रश्नोंपनिषद

स्मृति में बसी यादें, पूर्व जन्म के संस्कार आदि भी सपनों के विषय में होते हैं। मन की कल्पना की उंचाई की कोई सीमा नहीं है इस लिए मन कहीं भी कभी भी पहुँच सकता है कुछ भी कल्पना किया दृश्य भी दिखा सकता है।

जिस प्रकार हम जागृत अवस्था में बाह्य इन्द्रियों की सहायता से देखते सुनते और अनुभव करते हैं वैसा ही अनुभव अंत्रेन्दियों के जरिए स्वप्नावस्था में होता है। उसी तरह के रस रंग गंध का आभास होता है।

महर्षि वेदव्यास जी के अनुसार शुद्ध आचरण वाले व्यक्तियों के सपने सच होते हैं।

मनोचिकित्सको को स्वप्न के जरिये मानसिक रोगियों के विषय में कुछ ऐसी जानकारियां मिल जाती हैं जिससे रोगी को ठीक करने में बड़ी मदद मिलती है।

स्वप्न आत्मा की भाषा है जितना हम जानते हैं उसके ऊपर हमें जानकारी देते हैं। - Moss

कई शोधकर्ताओं का यह मानना है कि उन्हें ऐसे कई साक्ष्य मिले हैं जिससे यह कहा जा सकता है कि सपने भविष्य की घटनाओं की भविष्यवाणी करते हैं।

शोधकर्ताओं ने यह भी पाया कि जिन्हें सोने नहीं दिया गया उनमें न्यूरान स्टोसिफिक इनोलेज N S E तथा M -100 calcium binding proten B or S -100 B अणुओं की संख्या 20%बढ़ गई। इनके बढ़ने से दिमाग को नुकसान पहुँचता है।

REM स्थिति में न सोने देने से तनाव चिंता घबराहट बढ़ गया। एकाग्रता में कमी आई, स्वास्थ्य पर कुप्रभाव पड़ा।

एक अध्ययन से यह भी पता चला कि भारत में 74 % लोग सपनों पर विश्वास करते हैं। अमेरिका में 56 % और साउथ कोरिया में 65 % लोग सपनों पर पूर्ण विश्वास करते हैं। अमेरिका में तो कई लोग तो स्वप्न देखने के बाद अपनी हवाई यात्रा रद्द कर देते हैं।

जीवन की सभी घटनाओं के पीछे एक शक्ति है। यह शक्ति शुभ भी है और अशुभ भी। शक्ति तभी तक शुभ रहती है जब तक वह शुभ करती है। ईश्वरीय शक्ति यदि जीवन दायिनी है तो मृत्यु का कारक भी तो वही है। बिजली यदि प्रकाशित करने वाली है तो तगड़ा झटका भी देने वाली है।

शुभ और अशुभ जैसी कोई वस्तु नहीं है जो एक के लिए शुभ हो सकता है वही दूसरे के लिए अशुभ हो सकता है। स्वयं के लिए भी कभी शुभ

तो कभी अशुभ हो सकता है। शुभ और अशुभ की दो अलग सत्तायें नहीं हैं। जब शुभ का विकास होता है तो जो कम शुभ होता है उसे हम अशुभ कहते हैं।

मस्तिष्क के कार्य - Fore Brain Cerebrum यह मस्तिष्क का सबसे बड़ा भाग है। इसका कार्य क्षेत्र - इच्छायें, भावनाएं, कल्पना, तर्क याददाश्त आदि।

Thalamus - ताप, दाब, सर्दी, गर्मी स्पर्श आदि

Hypothalamus -भूख, प्यास, क्रोध प्यार, नफरत, ताप नियंत्रण आदि।

Mid Brain -देखने सुनने आदि का कार्य

Hind Brain Cerebellum - संतुलन बनाए रखने का काम

Medulla oblogotes यह भाग समस्त अनैक्षिक क्रियाओं जैसे रक्त चाप, गैस स्वांस दर, हृदय दर,छींक, खांसी आदि क्रियाओं को करता है।

Kendra Cherry के अनुसार सपने चित्ताकर्षक, रोमांचक, साधारण भयावह आदि श्रेणियों के होते हैं।

स्वप्न उस समय तक आते ही रहेंगे जब तक मन एकाग्र होकर शांत न हो जाय। स्वप्न शुभ अशुभ दोनों प्रकार के होते हैं पर सार्थक प्रयत्नों से अशुभ को टाला जा सकता है। इस शरीर रूपी रथ के अंदर पूरा ब्रह्माण्ड समाया हुआ है। अंतरमन में जाकर सब कुछ स्पष्ट देखा जा सकता है सारे संसार के पुस्तकालयों का ज्ञान प्राप्त किया जा सकता है। सपने सच भी होते हैं।

www.ingramcontent.com/pod-product-compliance
Lightning Source LLC
LaVergne TN
LVHW051102051026
849532LV00004BB/1401